चन्द्रभूषण

आयुष कुमार सिंह

चन्द्रभूषण

घोषणा पत्र

यह पुस्तक एक काल्पनिक रचना है। इसमें वर्णित सभी पात्र, स्थान, घटनाएं, और संवाद लेखक की कल्पना का परिणाम हैं। यदि किसी जीवित या मृत व्यक्ति , समुदाय, संस्था , या स्थान से कोई समानता प्रतीत होती है, तो वह केवल एक संयोग मात्र है। लेखक का उद्देश्य किसी की भावना को आहत करना नहीं है।

आयुष कुमार सिंह

22/11/2025

नई दिल्ली

चन्द्रभूषण

कथासार

यह उपन्यास एक साधारण गाँव के असाधारण संघर्षों की कहानी है, जिसका केन्द्र है परिवार का सबसे छोटा बेटा चन्द्रभूषण। घर में बँटवारे, लालच, परम्पराओं का दबाव, और रिश्तों की टूटन के बीच वही अकेला बच्चा है जो सच, सम्मान और प्रेम को थामे बड़ा होता है। बचपन में माँ को खोने के बाद वह पिता के संघर्ष, भाइयों के झगड़े, और समाज के कठोर रीति-रिवाजों को अपनी आँखों से देखता है। पढ़ाई और मेहनत से वह अपनी राह बना लेता है, पर जीवन उसे प्रेम, विरोध और इंसाफ की कठिन राह पर भी ले जाता है। एक नाबालिग प्रेमिका से विवाह, अदालत के फैसले, और गाँव की तंग सोच—इन सबके बीच वह

जिम्मेदारी और साहस का असली अर्थ सीखता है।

चन्द्रभूषण की यह यात्रा बताती है कि गरीबी, विभाजन और अन्याय चाहे जितने भी गहरे हों, सच्चाई और मानवीय मूल्य ही किसी इंसान को "परिवार का चाँद और समाज की शोभा" बनाते हैं।

लेखक: आयुष कुमार सिंह

1: धनवारपुर

बिहार के सहरसा ज़िले के छोटे-से गाँव धनवारपुर में सुबह की हवा हमेशा मिट्टी, धूप और नई उम्मीद की खुशबू लेकर आती थी। यह एक ऐसी खुशबू थी जो रोज़मर्रा के संघर्षों के बावजूद, जीवन की निरंतरता का अहसास कराती थी। कच्ची गलियों में गाएँ–भैसें अपने ढंग की मस्त चाल में चलतीं, उनके गले की घंटियों की आवाज़ गाँव का प्रातः कालीन संगीत थी। कुएँ पर औरतें झुककर पानी भरतीं, उनकी चूड़ियों की खनक और हल्की-फुल्की बातचीत से वातावरण गूंज उठता। और हर घर से चूल्हे की हल्की लकड़ी की गंध उठती, जो यह एलान करती थी कि दिन की शुरुआत हो चुकी है और एक और संघर्षपूर्ण दिन का सफर शुरू हुआ है।

इसी गाँव के बीचों बीच, एक बड़े पीपल के पेड़ की छाया में, था रामलखन ठाकुर का घर है। बड़ा पुराना पर

मजबूत, जैसे इस परिवार के इतिहास की कहानी कह रहा हो। इसकी मोटी दीवारें कई पीढ़ियों के सुख-दुख समेटे हुए थीं। घर में इन दिनों हलचल थोड़ी ज़्यादा थी, क्योंकि मझिले बेटे मोहन की शादी तय हो चुकी थी। यह हलचल सिर्फ आवाज़ों तक ही सीमित नहीं थी। यह हर किसी के चेहरे पर उभरे हल्के तनाव, छिपे हुए उत्साह और अनकही चिंताओं में झलक रही थी।

जानकी देवी आँगन में पानी छिड़कते हुए बोलीं "रुक्मणी! ज़रा दुल्हन के लिए रखी साड़ी निकाल, मोहन की ससुराल से लोग आने वाले है।"

रुक्मणी ने जल्दी-जल्दी अलमारी खोली "अभी निकालती हू, माई।"

उधर बरामदे में बैठे रामलखन ठाकुर ने हुक्का खींचते हुए कहा "मोहन की शादी में खर्चा बहुत बढ़त जा रहा है ये सब अकेले कैसे निबेगा?"

बड़ी बहु सुनैना सर पे आंचल रखती हुई बोलीं "बाबूजी, हमारे बियाह में भी आपने सब कुछ किया था। मोहन का भी निभा ही लेंगे।" उनकी आवाज़ में थोड़ा अभिमान झलक रहा था।

मोहन बाहर निकला और बोला "भौजी, हमारे लिए चिंता मत कीजिए। आधा खर्चा हम खुद उठा लेंगे।"

सुनैना मुस्कुरा दी "अरे पगले, शादी में लड़कों का खर्च कौन उठाता? सब घर का होता है।"

दोपहर का समय था। घर के अलग-अलग कोनों में हर किसी की दुनिया अलग-अलग तरह से सिमटी और फैली हुई थी।

रुक्मणी आँगन के एक शांत कोने में बैठी थी, उसके सामने एक पुरानी सिलाई मशीन टिक-टिक की आवाज़ कर रही थी। वह पास के ही एक सिलाई प्रशिक्षण केंद्र में सिलाई सीखकर आई थी और अब अभ्यास कर रही थी।

उसकी उंगलियाँ कपड़े को सावधानी से मशीन के नीचे से गुज़ार रही थीं। यह काम उसे न सिर्फ आत्मनिर्भर बनने का रास्ता दिखाता था, बल्कि उसके लिए एक सुरक्षित शरणस्थली भी था। यहाँ बैठकर वह भौजी की कड़वी बातों और शादी की आशंकाओं से दूर भाग सकती थी। वह एक छोटी सी सूती साड़ी के फटे हुए हिस्से को बड़े हुनर से जोड़ रही थी।

वहीं दूसरी ओर, कमरे में मोहन एक छोटी सी मेज पर किताबें खोले बैठा था। उसके सामने प्रतियोगी परीक्षाओं की तैयारी के नोट्स बिखरे पड़े थे। शादी की तैयारियों के बीच भी वह अपनी पढ़ाई जारी रखे हुए था। वह जानता था कि शादी के बाद उसपर ज़िम्मेदारियाँ और बढ़ने वाली हैं, और सिर्फ खेती करके वह अपने भविष्य के परिवार को वह सब नहीं दे पाएगा जिसकी उसे उम्मीद थी। उसकी आँखों में एक दृढ़ संकल्प था। वह कभी किताबों में खो जाता, तो कभी शादी की फिक्र उसे व्याकुल कर देती।

पढ़ाई उसके लिए एक ऐसा पलायन था, जो उसे वर्तमान की उलझनों से निकालकर भविष्य की संभावनाओं में ले जाता था।

आख़िरकार, जिसके पास कुछ भी नहीं होता, उसके लिए पढ़ाई ही एकमात्र रास्ता बचता है। मुश्किलों से निकलने का भी, और अपना भविष्य बनाने का भी। आज के इस नए युग में सरकारी नौकरी को कुछ लोग समय से पीछे समझते हैं, पर सच यह है कि जिनके पास बड़े कॉलेजों, महँगे कोर्सों या घर का मज़बूत सहारा नहीं होता, उनके लिए यही नौकरी एक भरोसेमंद सहारा बन जाती है।

पढ़ाई भी पैसों से चलती है और जब जेब ख़ाली हो, तब इंसान के पास सिर्फ़ एक चीज़ रह जाती है, मेहनत।

इसी मेहनत को साफ़ नीयत के साथ निभाना चाहिए खुले आँसुओं के साथ नहीं, बल्कि खुले इरादों के साथ।”

चंद्रभूषण आँगन के कोने में बैठा मिट्टी से नाव बना रहा था। उसकी छोटी-छोटी उंगलियाँ मिट्टी को आकार दे रही

थीं। उसकी दुनिया सबसे साफ़ और निश्छल थी। उसकी नाव सिर्फ मिट्टी की नहीं थी, वह उसकी कल्पनाओं का जहाज़ थी, जो उसे इस घर की चारदीवारी से निकालकर दूर किसी अनजान दुनिया में ले जाता। वह अपनी नाव को पूरा करके उसे एक बरतन में भरे पानी में तैराता और खुश हो जाता।

मोहन ने उसे पुकारा “चन्दरू! चल, बियाह में पहनने वाला कुर्ता लेना है।”

चन्द्रभूषण ने सिर उठाया “भइया, हम भी बारात में नाचेंगे?”

मोहन हँस पड़ा “तू तो सबसे आगे नाचेगा रे! दूल्हे के साथ घोड़े पर चलेगा।”

चन्दरू की आँखें चमक उठीं। उसके लिए दुनिया में इससे बड़ी खुशी शायद और कोई नहीं थी।

शादी की तैयारियों के बीच रुक्मणी चुपचाप काम कर रही थी। सुनैना भौजी ने तंज मारा "रुक्मणी, तेरी उमर भी निकल रही है। अब तेरी भी बात सोचनी चाहिए बाबूजी को।"

रुक्मणी शर्म से लाल हो गई, कुछ बोली नहीं। उसने सिलाई मशीन पर और ज़ोर से पैडल दबा दिया, मानो उसकी मशीन की आवाज़ ही भौजी की बात को दबा देगी।

सावित्री देवी ने हल्का-सा डाँटकर कहा "सुनैना, हर बात मज़ाक में नहीं कही जाती।"

सुनैना होंठ भींचकर अंदर चली गई।

रुक्मणी ने देखा कि मोहन भी यह सब सुन रहा था और उसके चेहरे पर एक अजीब-सी बेबसी थी। रुक्मणी ने अपनी सिलाई जारी रखी। उसने सोचा, काश उसकी ज़िंदगी भी इस कपड़े की तरह होती, जिसके फटे हिस्सों को वह अपने हुनर से जोड़ सकती। लेकिन उसकी अपनी ज़िंदगी के टुकड़े तो शायद दूसरों के हाथों में थे।

शादी की खुशी के बीच एक खामोश तनाव भी था कभी सुनैना भौजी की तीखी बात, कभी खर्चों की चिंता, कभी गाँव वालों की चर्चाएँ बाहर चौपाल पर बैठे बुजुर्ग कहते "मोहन का बियाह हो जाए, तब देखो ठाकुर के घर में एक नया मोड़ आएगा।"

चन्द्रभूषण सब चुपचाप देख रहा था

वह कभी माँ की थकान देखता, कभी पिता की चिंता, कभी भाभी की आवाज़, कभी रुक्मणी की चुप्पी वह देख रहा था कि कैसे रुक्मणी दीदी सिलाई में खोई रहती हैं, मोहन भैया किताबों में डूबे रहते हैं, और वह खुद अपनी मिट्टी की नाव बनाता रहता है।

लेकिन छोटी-सी उम्र में भी उसने समझ लिया था कि इस घर में खुशियाँ उतनी आसान नहीं जितनी बाहर से दिखती हैं। हर कोई अपनी-अपनी दुनिया में किसी न किसी संघर्ष से जूझ रहा था।

उसे नहीं पता था कि यह शादी, यह घर और यह गाँव आगे चलकर उसकी ज़िंदगी की असली शुरुआत बनेंगे। आज वह जो मिट्टी की नाव बना रहा था, कल वही नाव उसे जीवन के गहरे सागर में उतारने वाली थी।

2: मझली बहू

सुबह की लालिमा अभी पूरी तरह फैली भी नहीं थी कि रामलखन ठाकुर के आँगन में बिखरे शादी के फूल अब मुरझाकर ज़मीन पर चिपक चुके थे। कल तक जो गुलाबी और लाल गुलदाउदी के फूल हवा में खुशबू घोलते थे, आज वे कुचले हुए, मुरझाए हुए, ज़मीन से चिपककर रह गए थे, जैसे शादी की रौनक के साथ-साथ उसकी ताज़गी भी रातोंरात विदा हो गई हो। रातभर चली रस्मों के बाद आज घर में हलचल तो थी, पर हवा में अजीब-सा बोझ भी लटक रहा था। एक ऐसा बोझ जो नई जिम्मेदारियों, नई उम्मीदों और पुराने डर से बना था।

नई बहू सरस्वती पहली बार देहरी से क़दम रख रही थी। उसके नए लाल चुनरी और पीले साड़ी पर अभी भी शादी की महक थी, पर उसकी आँखों में एक अनजाना डर साफ झलक रहा था। वह धीरे से आँगन में उपस्थित सभी

बुजुर्गों के पैर छू रही थी, और हर प्रणाम के साथ उसका दिल एक अजीब-सी घबराहट से धड़क रहा था।

रुक्मणी ने धीरे से उसके कान में कहा, "भाभी, संभल के चलना हमारे घर में बहुओं से ज्यादा उम्मीदें रखते हैं। यहाँ हर कदम सोच-समझकर रखना होता है।"

सरस्वती ने मुस्कुराने की कोशिश की, पर चेहरे पर थकान और हल्की घबराहट साफ झलक रही थी। उसने रुक्मणी की ओर देखा, जैसे कुछ कहना चाहती हो, पर शब्द नहीं मिले। उसकी यह मौन पूछ रुक्मणी ने समझ ली "क्या मैं यहाँ खुश रह पाऊँगी?"

रसोई में बड़की काकी जो वास्तव में रामलखन ठाकुर की बहन और घर की अनकही नियम-निर्माता थीं, ने तीखे स्वर में कहा, "अरे सरस्वती! पानी लेकर आओ और देखना, वो निचले पत्ती वाले मटके से मत भरना। उसका पानी तो हम लोग नहीं पीते!"

सरस्वती चौंकी। वह समझ नहीं पा रही थी कि पानी में भी कोई भेद कैसे हो सकता है। उसने डरते-डरते पूछा, "किसका पानी काकी?"

"नीचे बस्ती वालों का वही चमार-घर के बगल का कुआँ। बहू हो, तो हद-बहद मत पूछा करो। बस जो कहा जाए, वही करो।"

सरस्वती चुप हो गई। उसकी खामोशी में आहत होने की आवाज़ साफ सुनाई दे रही थी। वह पानी भरने गई, पर उसके मन में कई सवाल उमड़-घुमड़ रहे थे। क्या पानी भी जाति देखकर बहता है? क्या मटके भी छूआछूत सीखते हैं?

चन्द्रभूषण स्कूल जाने को तैयार हो रहा था। उसने बैग कंधे पर डालते हुए माँ सावित्री देवी से कहा, "माँ, कल मास्टर जी कह रहे थे कि मैं अगले साल स्कॉलरशिप दे सकता हूँ। बस थोड़ा और पढ़ाई चाहिए।"

माँ ने प्यार से उसके बाल सहलाते हुए कहा, "बेटा, तू ही हमारा उजाला है। पर स्कूल के बाद थोड़ा गेहूँ भी पीस देना, बहू को बोझ मत बनने देना। नई बहू आई है, उस पर ज्यादा बोझ नहीं डाल सकते।"

चन्द्रभूषन मुस्कुराया, मगर अंदर से टूटा हुआ था। वह जानता था कि घर में मजदूरी और जात-कु-व्यवस्था के साये उसके सपनों को रोज़ कुतरते हैं। स्कूल में वह अपने शिक्षकों से समानता और न्याय की बातें सुनता, पर घर आकर उसे भेदभाव और पुरानी रूढ़ियों का सामना करना पड़ता।

दोपहर में घर की सभी औरतें आँगन में मचिया पर बैठी थीं। सरस्वती चूल्हे के पास व्यस्त थी, नए घर के रिवाज़ सीख रही थी और उसकी गुरु थी सुनैना। तभी पड़ोस की एक डोम औरत धनिया दरवाज़े पर आई।

"छोटी बहू, आपने बुलाया था? रसोई की लकड़ी दे दूँ?"

धनिया की आवाज़ में एक विनम्रता थी, जो सदियों के दबाव और अपमान से पैदा हुई थी। वह दरवाज़े के बाहर ही खड़ी थी, अंदर आने का साहस नहीं कर रही थी।

बड़की काकी फट पड़ीं, "अरे दरवाजे पर ही रहो! अंदर मत घुसना! तुम्हारे पैर से हमारा आँगन अशुद्ध हो जाएगा!"

धनिया सहमकर रुक गई, जैसे उसे पहले से ही इस तरह की प्रतिक्रिया की उम्मीद थी। उसके चेहरे पर कोई आश्चर्य नहीं, बस एक गहरी शांति थी।

सरस्वती का दिल कसमसा गया। उसने अपने पैरों के नीचे की ज़मीन हिलती हुई महसूस की। उसने हिम्मत करके कहा, "काकी लकड़ी तो सबके हाथ की एक जैसे जलती है, ना? धनिया बहन तो बस।"

काकी का चेहरा लाल पड़ गया, "बहुत ज्यादा चालाक हो गई हो? आते ही न्याय-व्यवस्था चलाने लगी? हमारे घर की मर्यादा तू क्या समझेगी! जो हम कहें, वही करो!"

धनिया चुपचाप वापस मुड़ गई, उसकी आँखें नीची थीं। सरस्वती की आँखों में आँसू भर आए, पर उसने उन्हें रोक लिया। उसे अब समझ आ रहा था कि रुक्मणी ने "संभल के चलना" क्यों कहा था।

स्कूल से लौटते समय चन्द्रभूषण ने देखा नीचे वाली बस्ती के बच्चे नंगे पैर खेल रहे थे, उनके कपड़े फटे हुए थे, पर उनकी आँखों में वही मासूमियत थी जो उसके और उसके दोस्तों की आँखों में। पर गाँव के ऊँची जाति वाले बच्चे उनके साथ खेलना तो दूर, उनकी तरफ देखकर रास्ता बदल लेते थे, जैसे वे कोई छूत की बीमारी हों।

उसने अपने दोस्त रामू से पूछा, "ये सब क्यों होता है? हम सब एक जैसे ही तो हैं? सबके खून का रंग लाल है, सबकी आँसू एक जैसे होते हैं।"

रामू बोला, "तू छोड़ ना यहाँ सब ऐसे ही चलता है। दिल पर मत ले। बड़े होगे, तो समझ आ जाएगा।"

लेकिन चन्द्रभूषण के भीतर कुछ टूट गया था। उसे लग रहा था जैसे पूरा गाँव किसी पुराने जख्म की बदबू में जी रहा हो, और सबको इसकी आदत पड़ गई हो। वह सोच रहा था। क्या बड़े होकर उसे भी यही सब स्वीकार करना पड़ेगा?

शाम को घर में बहस शुरू हो गई। काकी सरस्वती पर चिल्ला रही थीं, "बहू, तुमने आज जिस तरह से उस नीच जात की औरत से बात की वो हमारे घर की परंपरा के खिलाफ है! तुम्हें समझना होगा कि अब तुम ठाकुर परिवार की बहू हो।"

सरस्वती रोते हुए बोली, "काकी, गलती क्या हो गई? इंसान से इंसान की तरह बात कर ली तो? धनिया बहन ने तो बस लकड़ी देनी थी।"

सुनैना ने धीरे से कहा, "छोटी, यहाँ सवाल इंसानियत का नहीं परंपरा का है। बस निभा ले, सब ठीक हो जाएगा।"

सरस्वती चुप हो गई, पर उसकी चुप्पी में एक विद्रोह पल रहा था। वह जानती थी कि आज वह सिर्फ लकड़ी के बारे में नहीं, बल्कि अपने अस्तित्व के बारे में लड़ रही थी।

चन्द्रभूषण ने ये सब सुना जैसे दिल में कोई अंगार गिर गया हो। उसने देखा कि कैसे उसकी नई भाभी, जो कल तक शादी की रौनक में चमक रही थी, आज परंपरा के नाम पर तोड़ी जा रही है।

रात को चन्द्रभूषण छत पर लेटा था। आकाश में तारे शांत थे, मगर उसके भीतर तूफ़ान उठ रहा था। उसने आज जो कुछ देखा था। भाभी का अपमान, धनिया की बेबसी, गाँव के बच्चों के बीच की दूरी वह सब उसके मन में घूम रहा था।

उसने खुद से कहा, "मैं कुछ तो बदलूँगा अगर नहीं बदल सका, तो कम से कम लिखकर सच दिखाता रहूँगा। गाँव की परंपराओं की बात, उनकी दर्द की बात सब कुछ। मैं

लिखूँगा कि कैसे पानी भी जाति सीख जाता है, कैसे लकड़ी भी ऊँच-नीच जानने लगती है।"

यह फैसला उसके जीवन को बदलने वाला था। सात साल के इस बच्चे ने आज वह प्रतिज्ञा कर ली थी जो आगे चलकर न सिर्फ उसके, बल्कि पूरे गाँव के जीवन को बदल देगी। उस रात चन्द्रभूषण ने सिर्फ तारों को नहीं देखा, उसने अपने भविष्य का रास्ता भी देख लिया था।

3: बँटवारा

शादी को तीन महीने बीत चुके थे। अब घर में रिश्तेदारों की भीड़ नहीं, बस रोज़मर्रा की तकरारें थीं। वह शादी की रौनक जो कल तक घर में छाई थी, अब धीरे-धीरे कड़वाहट में बदल चुकी थी। सुबह-सुबह जैसे ही मुर्गा बोला, आँगन में दो बहुओं की तीखी आवाज़ें गूँज उठीं।

"सुनैना भाभी, तुम्हारा यह रोज़-रोज़ का रूप कब सुधरेगा?" सरस्वती ने थके स्वर में कहा। वह चूल्हे के पास बैठी रोटियाँ बना रही थी, और उसके माथे पर पसीना और चिंता की लकीरें साफ दिख रही थीं।

सुनैना, जो बड़ी बहू होने के नाते खुद को विशेष अधिकार समझती थी, पेट पर हाथ फेरते हुए बोली "सुधरना तो तुम्हें चाहिए, बाद में आई हो पर समझती ज़्यादा हो! मैं गर्भवती हूँ। और तुमसे मेरा काम बर्दाश्त नहीं होता!"

सरस्वती चुप न रह सकी "गर्भ है तो इसका मतलब यह नहीं कि तुम घर के बदलते नियम बनाओगी! सबकी तबीयत एक जैसी नहीं होती भाभी।"

दोनों की आवाज़ें अब इतनी तेज थीं कि सावित्री देवी रसोई से निकल आईं। उनके चेहरे पर एक गहरी थकान और बेबसी थी। वह जानती थीं कि यह झगड़ा सिर्फ आज का नहीं, बल्कि पिछले तीन महीनों से चली आ रही कड़वाहट का परिणाम है।

सुनैना अपने पति शम्भुनाथ पर भी रोज़ चिल्लाती रहती। शम्भुनाथ शांत स्वभाव का व्यक्ति था, लेकिन पत्नी की लगातार की जा रही शिकायतों से वह भी तंग आ चुका था। उस रात फिर वही हुआ।

“तुम्हारी माँ और ये छोटी बहू मुझे बर्दाश्त ही नहीं करती! मैं कैसे रहूँ यहाँ? तुम कुछ बोलते क्यों नहीं!” सुनैना चीख उठी। उसकी आवाज़ में एक तरह की बेचैनी और गुस्सा था जो हर दिन बढ़ता ही जा रहा था।

शम्भुनाथ थककर बस इतना कह पाया "सुनैना, थोड़ा शांत हो जाओ हमारा बच्चा भी।"

सुनैना ने बात काट दी "मैं शांत? तुम्हारी माँ की वजह से मैं ही गलत लगती हूँ? घर अलग करवाओ बस! मुझे अब अलग चूल्हा चाहिए!"

उसकी आवाज़ इतनी कड़वी और तीखी थी कि अगल-बगल के घरों तक सुनाई दे गई। पड़ोस की औरतें दरवाज़े के पीछे से यह सब सुन रही थीं, और अगले दिन पूरे गाँव में इसकी चर्चा होनी तय थी।

रात को सावित्री देवी ने रामलखन से कहा उनकी आवाज़ में एक माँ का दर्द और एक गृहणी की विवशता थी। "हमने अपनी ज़िंदगी भर केवल मोहन को पढ़ाने के चक्कर में रुक्मणी की शादी में देर की और आज वही मोहन का परिवार घर को तोड़ रहा है। जब बेटी जैसी बहू लाई थी, तब सोचा था घर उजियारा होगा, पर अब लड़-लड़कर घर बिगाड़ दिया।"

रामलखन ने गहरी साँस ली उनकी आँखों में एक पिता की चिंता और परिवार के टूटने का दर्द साफ झलक रहा था। "सुनैना को कौन समझाए? बच्चा होने वाला है, इसलिए ज़्यादा तनाव दिखाती है। मगर घर तो घर होता है। एक बार टूट गया तो जोड़ने में साल लग जाते हैं।"

दोनों जानते थे कि परिवार का बँटवारा सिर्फ चूल्हों का बँटवारा नहीं, बल्कि रिश्तों का बँटवारा होता है।

अगली सुबह सुनैना ने रसोई में अपना सामान पटकते हुए कहा उसके चेहरे पर एक अटल जिद थी। "बस! आज से मैं अपना अलग चूल्हा जलाऊँगी। माई जी, आप लोग अपना देख लीजिए।"

सरस्वती हकबका गई उसे विश्वास ही नहीं हो रहा था कि कोई परिवार को इस तरह तोड़ सकता है। "आप ये क्या कर रही हैं? घर-घर नहीं, जिगर-जिगर टूट जाएगा!"

सुनैना चीखी "तुम बीच में मत बोलना छोटी बहू! मेरा पति अलग होगा, मेरा खेत अलग होगा और मेरा चूल्हा अलग होगा।"

और रामलखन को पंचायत बुलानी पड़ी। यह निर्णय उनके लिए सबसे कठोर निर्णय था।

उस दिन घर के आँगन में सब जमा था। बुजुर्ग, पंच, और परिवार के सदस्य। घंटों की बहस, आरोप-प्रत्यारोप, रोना-चिल्लाना हर कोई अपने-अपने हक की लड़ाई लड़ रहा था।

अंत में दुख भरे स्वर में फैसला हुआ तीन चूल्हे, पहले रामलखन और सावित्री, मुख्य घर का हिस्सा, जहाँ परिवार की जड़ें थीं। चन्द्रभूषण और रुक्मणी भी उन्हीं के साथ रहेंगे। दूसरा शम्भुनाथ और सुनैना, पूर्वी हिस्से का कमरा और अलग रसोई। और तीसरा मोहन और सरस्वती, पश्चिमी हिस्से का कमरा और अलग रसोई।

किसान परिवार का सबसे बड़ा डर सच हो गया जोड़ से घर नहीं टूटते, दिल टूटते हैं। वह आँगन जहाँ कभी सब मिल-बैठकर खाना खाते थे, अब तीन अलग-अलग दिशाओं में जाते हुए दिखाई देता था।

चन्द्रभूषण ने अपनी थाली सरस्वती को देते हुए धीरे से कहा, उसकी आवाज़ में एक बच्चे का भोलापन और दुख था। "भाभी आप रूठ क्यों गई हो? आप तो हमेशा मुझे खाना दे देती थीं।"

उसकी आँखें भर आईं। वह नहीं समझ पा रहा था कि अचानक सब कुछ क्यों बदल गया।

सरस्वती ने सिर फेर लिया उसकी आँखों में भी आँसू थे। "बेटा, अब घर के तीन टुकड़े हो गया कौन किसकी जिम्मेदारी समझे? अब मैं तुम्हें रोज़ खाना नहीं दे पाऊँगी।"

चन्द्रभूषण खामोश रह गया। उसने पहली बार महसूस किया कि घर टूटा हो तो बच्चे सबसे पहले गिरते हैं। उसकी दुनिया, जो कल तक पूरी और सुरक्षित थी, आज टुकड़ों में बिखर गई थी।

रात को वह छत पर लेटा था। तारे ऊपर थे, मगर नीचे पूरा संसार बिखरा पड़ा था। उसके मन में कई सवाल उठ रहे थे।

उसने मन ही मन कहा "जब घर ही तोड़ दिया गया तो मैं किस आधार से बड़ा हूँगा? पर मैं लिखूँगा। सब सच लिखूँगा। कोई तो होगा जो सुनेगा।"

उसने एक डायरी निकाली और लिखना शुरू किया "आज हमारा घर टूट गया। मैंने सुना है कि टूटकर ही कुछ नया बनता है, पर आज जो टूटा है, वह शायद कभी नहीं जुड़ पाएगा।"

अगले दिन सावित्री देवी ने धीरे से रामलखन से कहा, उनकी आवाज़ में एक माँ की चिंता थी। "रुक्मणी का

विवाह कर देना चाहिए। लड़की घर में रहेगी तो और दाँट-फटकार बढ़ेगी। उसका जीवन खराब हो जाएगा।"

रामलखन ने दुख से सिर झुका लिया उन्हें अपने हर निर्णय पर पछतावा हो रहा था। "मैंने मोहन को पढ़ाया, इसलिए रुक्मणी को पीछे रख दिया अब लगता है मैं दो बच्चों को एक साथ खो दिया।"

और यहीं से कहानी एक नए मोड़ पर जाती है। जहाँ रुक्मणी का विवाह एक अनिवार्यता बन जाता है, चन्द्रभूषण की डायरी उसका सच्चा साथी बनती है, और टूटा हुआ परिवार नए रिश्तों की तलाश में निकल पड़ता है। जिस घर में कभी एक चूल्हा जलता था, आज वहाँ तीन अलग-अलग रास्तों पर चलने वाले लोगों की कहानियाँ जन्म ले रही थीं।

4: विदाई

रामलखन ने अपने समर्थ अनुसार रुक्मणी का विवाह अपने दूर के मित्र विनोद सिंह के बेटे अभिजीत सिंह से तय की थी और अब तो रुक्मणी की शादी का दिन भी पास आ गया था, पर घर में उत्साह नहीं बस एक दबा हुआ बोझ था जो हर किसी के सीने पर लदा हुआ था। जिस घर में कभी मोहन की शादी की तैयारियों में हँसी-ठिठोली हुआ करती थी, आज वहीं रुक्मणी की शादी की तैयारियाँ एक अनचाही विवशता के साथ चल रही थीं।

रामलखन चुपचाप चौपाल की तरफ देख रहे थे, मानो वहाँ बैठे बुजुर्गों से कोई उत्तर ढूँढ रहे हों। उनकी आँखों में एक पिता का दर्द था वह दर्द जो बेटी को विदा करने के खुशी के अवसर पर भी समाज के दबाव में घुट-घुट कर जी रहा था।

सावित्री देवी लगातार चिंता में डूबी हुई थीं "हमारी बेटी की भी किस्मत वही लिखी है क्या जो गाँव की और लड़कियों की होती है? ढाई तीन लाख के बिना कोई बात ही नहीं करता।" उनके हाथ में रुक्मणी की शादी की साड़ी थी, पर उनकी आँखों में उस साड़ी से कहीं ज्यादा भारी सवाल थे।

ऊधर अभिजीत, जो परिवार का इकलौता बेटा था, चिंता में डूबे हुए दिमाग से सोच रहा था “क्या करूं, एक तो रामलखन चाचा की मजबूरी ऊपर से ये विवाह सब कैसे होगा, एक काम करता हूं कुछ सामान मैं खुद तिलक के लिए रखवा देता हूं कम से कम इज्जत तो बचेगी बाकी किसी को क्या ही पता चलेगा।”

उसने अपनी जेब से बचाए पैसे निकाले महीनों की मेहनत से जोड़ी गई थोड़ी सी रकम। उसने सोच-समझकर खरीदारी की एक स्टील का बर्तन-सेट, और दो पीतल और फूल के "बस इतना ही हो पाया पर गाँव की

नजर में कुछ तो दिखेगा।" उसके इस छोटे से प्रयास में एक जीवनसाथी का प्यार छिपा था। इतने निर्मल हृदय वाले मनुष्य विरले ही जन्म लेते हैं। अन्यथा संसार में तो अधिकांश लोग दहेज की लोलुपता में ऐसे उग्र बन जाते हैं मानो जंगली भेड़ियों की भाँति किसी को भी नोच डालें। पर वह युवक जिसने दहेज का लोभ त्यागकर अपनी पत्नी के कुल का सम्मान अपने सिर पर उठा लिया सचमुच अपवाद है। सभ्यता, संवेदना और मनुष्यता का वह उज्ज्वल दीपक, जो अँधेरी भीड़ में अकेला दमकता है।

जैसे ही शादी की ख़बर गाँव में हवा की तरह फैलने लगी, पूरे गाँव में औत-पौथन की एक अनवरत लहर दौड़ गई। चौपाल के पीपल तले बैठे बुज़ुर्ग, कुएँ पर कलश भरती औरतें, खेतों की मेड़ों पर पसीना बहाते किसान,हर किसी की जुबान पर एक ही मंत्र सा गूँज रहा था

'दहेज में क्या मिलेगा?'

'बेटी को बिलकुल खाली हाथ भेजना अशुभ माना जाता है।'

'समाज की रीति है, निभानी ही पड़ती है।'

'रिवाज़ के आगे मन कहाँ देखा जाता है!'

कहने को लोग हमेशा सुनते आए थे कि दहेज का लालच लड़के वाले दिखाते हैं, पर यहाँ दृश्य उल्टा था। असली दबाव तो समाज ही ढो रहा था। जात, बिरादरी, गली-मोहल्ला, सबके सब।

'लड़की वाले कुछ तो देंगे वरना शादी में इज़्ज़त कहाँ बचती है?'

रामलखन का सीना जैसे किसी अदृश्य बोझ से दबने लगा। हर आवाज़, हर ताना, हर परंपरागत 'सलाह' उन्हें भीतर तक कचोट देती। उन्हें ऐसा प्रतीत होता मानो पूरा

गाँव मिलकर उनकी पीठ पर जिम्मेदारियों का पहाड़ लाद रहा हो।

उनके मन में बार-बार वही एक पीड़ादायी प्रश्न कौंध जाता क्या उनकी बेटी की किस्मत सचमुच इस बात पर आँकी जाएगी कि वह कितना दहेज लेकर अपने नए घर जा रही है?”

तीनों चूल्हों में से हर कोई अपने-अपने हिस्से का चावल पका रहा था। पर हवा में खुशबू नहीं, एक खामोशी थी जो हर किसी के दिल की बेबसी को चीख-चीख कर बयाँ कर रही थी।

सरस्वती चूल्हे पर रोटी सेकते हुए रुक्मणी को देख रही थी "बिटिया, शादी तो हर लड़की के लिए सपना होता है। पर जब घर टूट गया हो, तो सपने भी आधे-अधूरे हो जाते हैं।" उसकी आवाज़ में एक भाभी का प्यार और एक औरत की समझदारी दोनों झलक रही थी।

रुक्मणी बस चुप थी। शादी के नाम पर उसके चेहरे में चमक नहीं थी, बस एक सहमी हुई स्वीकृति थी। वह भी जानती थी "बच्ची तोह मैं भी नहीं थी, पर घर की मजबूरी की वजह से अब ससुराल भेजी जा रही हूँ।" उसने अपनी सिलाई मशीन को एक तरफ रख दिया था, मानो अपने सपनों को विदाई दे रही हो।

चन्द्रभूषण कोने में बैठा था, पुस्तक सिर पर रखकर जैसे दुनिया से भाग रहा हो। उसकी आँखों में वह सवाल था "हमारा घर कब वापस एक होगा?"

शादी वाले दिन आँगन में हल्दी लगी, ढोलकी बजी, पड़ोसी आए, पर उनके चेहरों पर सहानुभूति ज्यादा थी, खुशी कम। हर कोई जानता था कि यह शादी प्यार की नहीं, बल्कि परिस्थितियों की मजबूरी है।

बड़ी बहू सुनैना अपने बेटे को गोद में लिए खड़ी थी। सावित्री देवी कभी-कभी उस बच्चे को पकड़ कर मुस्कुराने

की कोशिश करतीं पर आँखों में भरा हुआ पानी सब कुछ बता देता। वह जानती थीं कि आज सिर्फ उनकी बेटी ही विदा नहीं हो रही, बल्कि उनका सपना भी पुरा हो रहा है।

बारात आई, भीड़-भाड़ हुई, गाँव की औरतों की टिप्पणियाँ भी साफ सुनाई दे रही थीं "दहेज कम लग रहा है। पर अच्छा घर मिला है। लोगों को तो लाखों देकर नहीं मिलता"

रामलखन का दिल हर्षित हो गया।

समय ने चन्द्रभूषण को भी परिपक्व बना दिया था। आज जब उसने रुक्मणी को डोली की ओर बढ़ते देखा, तो उसके कदम ठिठक गए। रुक्मणी की आँखों में भरे आँसू उसके हृदय पर सीधे गिरते प्रतीत हो रहे थे। वे आँसू जिन्हें दुनिया रस्म की कोमल नमी समझती है, पर भाई के लिए वे मानो किसी मौन आर्तनाद जैसे होते हैं।

डोली के पास जाते हुए रुक्मणी ने एक बार पीछे मुड़कर अपने घर, अपने आँगन, अपने बचपन को देखा और वह

एक नज़र चन्द्रभूषण को भीतर तक भेद गई। उसे उसी क्षण समझ आया कि विदाई सिर्फ बहन के पाँव नहीं थकाती, भाई के मन को भी सहसा बूढ़ा कर देती है।

उसने धीमे से बहन के हाथ पकड़े मानो कहना चाहता हो कि जो बंधन जन्मों से हैं, वे किसी डोली की दहलीज़ से नहीं टूटते। पर शब्द मुँह तक आए भी नहीं क्योंकि कुछ वेदनाएँ हैं, जिन्हें सिर्फ भाई ही समझ सकता है, और कुछ अभिनय ऐसे होते हैं जिन्हें सिर्फ एक बहन ही निभा सकती है।

5: उड़ान

रुक्मणी की विदाई को महीना भी नहीं बीता था कि घर में एक और बिखराव की हवा चलने लगी। मझला बेटा मोहन दिल्ली जाने की जिद पर अड़ा हुआ था। उसने बी.एस.सी पुरी कर ली थी, और सहरसा के बाजार में एक दफ्तर में नौकरी की बात भी हो चुकी थी, पर उसका मन अब इस छोटे शहर में नहीं लग रहा था।

"दिल्ली में एक ठीक-ठाक नौकरी मिल जाएगी यहाँ गाँव में सिर्फ खेत-बाड़ी और झगड़े ही बचे हैं।" वह अपने पिता से कहता, उसकी आँखों में एक अजीब बेचैनी थी, जैसे कोई पिंजरे में कैद पक्षी आकाश की ओर देख रहा हो।

सावित्री देवी मन ही मन समझती थीं कि बेटा सही सोच रहा है, पर उन्हें डर भी था "शहर की जिंदगी आसान नहीं

होती बेटा वहाँ न कोई अपना होता है, न कोई सहारा।"

उनकी आवाज़ में एक माँ का डर साफ झलक रहा था।

पर सरस्वती हल्की मुस्कान वाली, चंचल और समझदार बहू, उसने एक दिन साफ कह दिया: "बाबा, हम दोनों दिल्ली जा रहे हैं। यहाँ रोज का तनाव मोहन को खोखला कर रहा है।"

रामलखन चुप रहे। उनकी आँखों में एक पिता की हार और एक किसान की विवशता साफ दिख रही थी। परिवार की डोर टूटती जा रही थी, और वह उसे बचा नहीं पा रहे थे।

जब मोहन और सरस्वती जाने लगे, गाँव के लोग हवा की तरह बात उछाल रहे थे।

"देखो, बड़ा लड़का यहीं रह गया अब मझला शहर भाग रहा है।"

"पढ़े-लिखे लोग को गाँव में काम ही क्या होता है?"

"दिल्ली जाएगा तो पैसा भेज देगा घर संभल जाएगा।"

पर सरस्वती की आँखों में सिर्फ एक चिंता थी "चन्द्रभूषण का क्या होगा? वही तो हम सबका लाडला था।" उसने चुपके से चन्द्रभूषण की हथेली में बीस रुपए रखे "पढ़ाई छोड़ना मत तू बहुत आगे जाएगा।"

चन्द्रभूषण कुछ नहीं बोला, बस उसकी छोटी-सी मुस्कान टूटती हुई सी लग रही थी। उसने सरस्वती के पैर छुए, और एक लंबी, बिना शब्दों की विदाई ली। उसके मन में कई सवाल थे क्या अब वह पूरी तरह अकेला पड़ जाएगा? क्या कोई उसकी पढ़ाई की बात सुनने वाला भी बचेगा?

मोहन और सरस्वती के जाने से एक बड़ा सहारा चला गया था। सुनैना पहले से ही गुस्से में रहती थी, अब तो जलती लकड़ी की तरह हल्की चिंगारी पर भी भड़क उठती। घर का माहौल और भी विषाक्त होता जा रहा था।

वहीं चन्द्रभूषण के दिन भी कट रहे थे। सुबह गाय-भैंस को चारा देना, गोबर उठाना। आँगन बुहारना। कुएँ से

पानी भरना। ये सब करते-करते उसकी हथेलियाँ छालों से भर जातीं। दस रुपया लेकर स्कूल की ओर पैदल चलना। स्कूल पहुँचने तक उसके पैर धूल से सफेद हो जाते। क्लास में बैठता तो मास्टर साहब पूछते "पढ़ाई करेंगे या खेत में ही जिंदगी काटेंगे?" चन्द्रभूषण बस मंद-मंद मुस्कुरा देता। उसे पता था घर की गरीबी, बटवारे का दर्द, और भाई-द्वंद सब उसकी किताबों से बड़ा है।

दोपहर में स्कूल से लौटकर खेत में काम करना। शाम को घर आकर कुछ क्षण के लिए पुस्तक खोलता और साथ ही रामलखन को दर्द में चुप बैठा देखना और सावित्री की आँखों में चिंता का सागर देखना।

इन सबके बीच चन्द्रभूषण एक बात रोज समझ रहा था। "पढ़ाई मेरी मजबूरी नहीं, मेरी मुक्ति है।"

गाँव की पढ़ाई में वह चमक कहाँ, जो शहरों के विद्यालयों में दिखती है। यहाँ तो शिक्षा मानो जीवन की प्राथमिकता नहीं, एक कठिन साधना बनकर रह जाती है। खेतों की

मेड़ों पर ही बच्चों का बचपन खप जाता है। लगभग सत्तर प्रतिशत बच्चे सुबह का उजाला देखते ही हल-बैल के पीछे लग जाते हैं। बीस प्रतिशत रास्ते में ही किताबें छोड़ देते हैं। भूख, गरीबी और जिम्मेदारियों का भार उनकी पन्नों से भरी कॉपियों से कहीं भारी होता है। और फिर बचते हैं वे दस प्रतिशत जिन्हें ना तो धूप रोक पाती है, ना बारिश, ना हालात की चोट। उन्हीं दुर्लभ बच्चों में से एक था चन्द्रभूषण, जो मिट्टी से उठकर शिक्षा को अपने जीवन का दीपक बनाना चाहता था। गाँव की टूटी बेंच, अधूरी कक्षा और एक-दो अध्यापकों के सहारे भी वह सपनों का ककून बुन रहा था। मानो बिहार की इस जर्जर शिक्षा-व्यवस्था में भी कोई कोना था जहाँ उम्मीद अब भी साँस ले रही थी।

सुनैना ताना मारती “रोज पढ़ाई–पढ़ाई, घर का काम कौन करे? मोहन था तो सब कर लेता था। अब तो सब कुछ हमारे उपर है!”

रामलखन समझाते “बेटी, बच्चा है इसे पढ़ने दो।”

सुनैना पलटकर बोलती "मेरा कौन पढ़ेगा? मैं कौन से शहर जाऊँगी?"

पर सावित्री देवी ही थीं जो रोज उसके लिए गर्म रोटी और हिम्मत दोनों लेकर खड़ी रहती थीं "बेटा, तू पढ़ हमारे घर की किस्मत बदल दे बेटा।"

चन्द्रभूषण बस सिर हिलाता, दिल में आग भरी हुई थी। वह जानता था कि उसकी पढ़ाई सिर्फ उसकी नहीं, बल्कि पूरे परिवार की उम्मीदों का सहारा है।

चन्द्रभूषन अकेला नहीं था। उसके दो सच्चे मित्र थे। रामू और बिट्टू। रामू निचली बस्ती से था, पर उसकी बुद्धि बहुत तेज थी। बिट्टू का परिवार भी गरीब था, पर उसके सपने बहुत बड़े थे। तीनों मिलकर पढ़ते, सपने देखते, और एक-दूसरे का हौसला बढ़ाते।

एक दिन तीनों गाँव के बाहर एक पुराने बरगद के पेड़ के नीचे बैठे थे। रामू बोला, "चन्दरू, तू तो बहुत आगे जाएगा। तेरी लिखाई बहुत अच्छी है।"

चन्द्रभूषण ने कहा, "पर घर की हालत देख रहे हो, पिता जी कहते हैं अगले साल से स्कूल छुड़वा देंगे।"

बिट्टू ने हिम्मत बँधाई, "नहीं छोड़ने देंगे। हम तीनों मिलकर ट्यूशन पढ़ाएँगे। छोटे बच्चों को पढ़ाएँगे, पैसे कमाएँगे।"

यही से शुरू हुई चन्द्रभूषण की नई जंग पढ़ाई जारी रखने की जंग। तीनों मित्रों ने गाँव के छोटे बच्चों को पढ़ाना शुरू किया। शुरुआत में लोग हँसते थे, पर जब उनके बच्चों के नंबर सुधरे, तो लोगों का नजरिया बदला।

चन्द्रभूषण ने अपनी डायरी में लिखा "आज हमने पहली ट्यूशन की क्लास ली रामू, बिट्टू और मैं तीनों ने मिलकर पाँच बच्चों को पढ़ाया। शायद यही रास्ता है एक

दूसरे का सहारा बनना, एक दूसरे के सपनों को पंख देना।"

वह जानता था कि अब वह सिर्फ अपने लिए नहीं, अपने परिवार के लिए, और उस गाँव के लिए पढ़ रहा है जहाँ से बदलाव की शुरुआत हो सकती है। और इसी संकल्प के साथ वह आगे बढ़ता रहा, एक कदम अपनी शिक्षा की ओर, एक कदम अपने सपनों की ओर।

6: महामाया

चन्द्रभूषण अब दसवीं कक्षा में पहुँच चुका था, और उसकी दुनिया सिमटकर तीन किलोमीटर की उस पगडंडी तक रह गई थी जो उसे घर से स्कूल और स्कूल से घर तक ले जाती थी। सुबह खेतों की ओस में भीगते पैर, दोपहर की धूल भरी राहें और शाम को थकान से लबालब लौटना, यही उसकी रोज़मर्रा की जिंदगी हो गई थी। पर इस साधारण जिंदगी में एक असाधारण सपना पल रहा था, और वह सपना था उसकी माँ सावित्री देवी का। वे उसकी न केवल माँ थीं, बल्कि उसकी आधी हिम्मत थीं। रोज़ सुबह जब वह स्कूल के लिए निकलता, तो वे उसे आशीर्वाद देते हुए कहतीं, "बाबू, शिक्षा कभी भूखे नहीं मरने देती। पढ़ लिख जाओगे तो दो रोटी सम्मान की खाओगे।" यह वाक्य चन्द्रभूषण के लिए मंत्र की तरह था, जो हर थकान और हताशा में उसे नई ऊर्जा दे देता। घर

की आर्थिक स्थिति ठीक नहीं थी, पर सावित्री देवी ने कभी उसे पढ़ाई छोड़ने नहीं दिया। कभी वे अपनी छोटी-छोटी बचतों को तोड़कर उसकी स्कूल फीस भरतीं, तो कभी भूखे पेट रहकर उसके लिए टिफिन बाँध देतीं। रातों को थकान से चूर होने के बाद भी वे उसकी कॉपियाँ देखतीं और सुधार के लिए सुझाव देती। उनकी आँखों में जो चमक दिखाई देती, वह चन्द्रभूषण के लिए दुनिया की सबसे बड़ी प्रेरणा थी।

लेकिन धीरे-धीरे माँ की तबीयत गिरने लगी। पहले हल्की खाँसी, फिर सीने में जकड़न, और फिर वह थकान जो कभी-कभी बेहोशी जैसी लगती। चन्द्रभूषण ने कई बार कहा कि उन्हें शहर ले चलते हैं अच्छे डॉक्टर के पास, पर सावित्री देवी हमेशा टाल देतीं, "कुछ नई होता, बस मौसम बदल रहा है।" गाँव के डॉक्टर ने बस इतना कहा, "खून की कमी है, दवा देते रहिए।" पर असलियत यह थी कि सावित्री देवी अंदर ही अंदर टूट रही थीं। न सिर्फ शारीरिक

रूप से, बल्कि मानसिक रूप से भी। परिवार का बँटवारा, बेटियों की विदाई, और अब घर की बदलती परिस्थितियों ने उन्हें तोड़ दिया था।

घर का माहौल दिनों दिन और विषाक्त होता जा रहा था। अब घर में सिर्फ बड़ा भाई शम्भुनाथ, उसकी पत्नी सुनैना और उनका बच्चा लव रह गए थे। सुनैना दिनों-दिन चिड़चिड़ी और कठोर होती जा रही थी। रसोई में खटपट, ताने और गुस्सा जैसे सब कुछ उसी पर निकल रहा हो। कभी-कभी वह साफ सुनाई देने वाली आवाज़ में कहती, "हमरा सब काम, ऊपर से सासू की बीमारी, और ये छोटका भाई बस पढ़ाई-पढ़ाई करता है! कब तक पढ़ता रहेगा? कुछ कमाता भी तो नहीं!, बटवारा हो जाने के बाद भी इतना सर दर्द कौन ले।" चंद्रभूषण यह सब सुनकर भी चुप रहता। माँ चाहती थीं कि वह कुछ न सुने, बस पढ़ता रहे पर वह माँ के दर्द से भाग भी नहीं पाता था। वह देखता कि कैसे माँ सुनैना के ताने सुनकर भी चुपचाप अपना

काम करती रहतीं, और रात को उसके पढ़ते समय आकर बैठ जातीं, मानो उसकी पढ़ाई देखकर ही उन्हें सारे दुख भूल जाते हों।

फिर वह काली रात आई जब चन्द्रभूषण स्कूल से लौटकर आया तो देखा कि माँ चारपाई पर पड़ी हैं, साँस तेज चल रही है, और दवा काम नहीं कर रही। उनका चेहरा पीला पड़ गया था और आँखें धँसी हुई थीं। वह तेजी से उनके पास पहुँचा और उनका हाथ थाम लिया। सावित्री देवी ने काँपते हाथ से उसके सिर पर हाथ रखा और धीमे से कहा, "बेटा पढ़ाई मत छड़ना, और कभी गलत राह पर मत जाना, चाहे दुनिया कुछ भी कहे तू हमार सपना है।" उनकी आँखों में वह चमक थी जो किसी माँ को अपने बेटे के भविष्य में दिखती है। पर शरीर साथ नहीं दे रहा था। चन्द्रभूषण ने उनके हाथ को मजबूती से थामा और कहा, "माँ, आप ठीक हो जाइए, हम कल आपको शहर ले चलेंगे अच्छे डॉक्टर के पास।" पर सावित्री देवी ने मुस्कुराते हुए

सिर हिला दिया, मानो कह रही हों कि अब बहुत देर हो चुकी है। उसी रात, अपने लाड़ले बेटे की गोद में सिर रखे, सावित्री देवी की साँसें थम गईं।

अगले दिन घाट पर चिता की लपटें उठ रही थीं। हवा भारी थी और आसमान सिसकियों से गूँज रहा था। चन्द्रभूषण की आँखों से आँसू टपकते जा रहे थे। पर वह चिल्ला नहीं पा रहा था, जैसे आवाज गले में ही दब गई हो। उसे लग रहा था कि आज उसकी दुनिया खत्म हो गई है। माँ उसका घर थीं, और अब घर सिर्फ दीवारें बची थीं। पर उस रात जब वह मिट्टी के कमरे में अकेला बैठा था, तो उसने अपनी किताब खोली। आँखें लाल थीं, पर शब्द साफ दिखाई दे रहे थे। वह बुदबुदाया, "माँ आप देखिएगा हम पढ़ाई नहीं छोड़ेंगे हम कुछ बन के दिखाएंगे।" और इसी क्षण से चन्द्रभूषण का संघर्ष अपने असली अर्थ में शुरू हुआ। अब वह सिर्फ अपने लिए नहीं, बल्कि अपनी माँ के सपने को पूरा करने के लिए पढ़ रहा था। हर शब्द, हर

पन्ना, हर पाठ माँ के उस आखिरी वादे की याद दिलाता जिसने उसे जीने की नई राह दिखाई थी।

माँ के देहांत के बाद घर जैसे घर नहीं रह गया था। दीवारें तो वही थीं, पर उनमें बसावट की गरमाहट नहीं रही। चन्द्रभूषण अक्सर सोचता था कि एक घर केवल ईंट-पत्थर से नहीं, माँ की मुस्कान, पिता के साए और अपनेपन की खुशबू से बसता है।

पिता जीवित थे पर उनके भीतर भी एक चुप्पी रहती थी। चन्द्रभूषण पढ़ने बैठता तो महसूस करता जैसे पिता की आँखें उसी पर टिक जाती हैं। उम्मीद, चिंता और अकेलेपन की मिली-जुली चमक के साथ।

वह समझ गया था कि घर दो चीज़ों पर चलता है। माँ की ममता और पिता का संयम। एक के जाने और एक के टूट जाने से पूरा घर जैसे अधर में लटक गया था।

आज जब परीक्षा का दिन था, पिता ने बस इतना कहा "बेटा, तू ही अब इस घर की रौशनी है हार मत मानना।"

उन शब्दों में माँ की दुआ, पिता का सहारा और टूटे घर को सँभालने की अंतिम उम्मीद एक साथ बोल रही थी।

चन्द्रभूषण ने महसूस किया, अगर घर में एक रिश्ता भी बिखर जाए, तो दीवारें खड़ी रहती हैं, पर परिवार ढह जाता है। और अगर एक भी रिश्ता मज़बूत हो जाए, तो ढहे हुए घर में भी उजाला लौट आता है।

चन्द्रभूषण ने अपनी दसवीं की बोर्ड परीक्षाएँ दी थीं। उन दिनों उसके घर में भले ही सन्नाटा पसरा रहता था, पर उसके भीतर एक अजीब-सी दृढ़ता जाग चुकी थी। माँ के न रहने से जो खालीपन उसके मन में पिघलता रहता था, वह उसके सपनों के आगे झुकने से इंकार करता था। पिता उसके पीछे चुपचाप एक छाया की तरह खड़े रहते न बोलते, पर हर पल संबल देते।

परीक्षा का हर प्रश्न-पत्र जैसे उसकी हिम्मत की नई परीक्षा ले रहा था। लेकिन चन्द्रभूषण ने किसी भी दिन पीछे मुड़कर नहीं देखा। वह जानता था कि अब रो कर, रुक कर, टूट कर जीने का समय नहीं है। बल्कि उठकर, संभलकर, आगे बढ़ने का समय है।

और जब परिणाम आया पूरा गाँव हैरान रह गया चन्द्रभूषण ने 95% अंक प्राप्त किए थे।

उस क्षण पिता की आँखों में जो चमक थी, वह शब्दों में बांधी नहीं जा सकती। वह गर्व नहीं था, वह आशीर्वाद था एक ऐसा आशीर्वाद जिसे किसी पिता ने अपने पुत्र की पीठ पर हल्के से थपथपाकर कहा हो, “तू कर सकता है, बेटा। और तूने कर दिखाया।”

चन्द्रभूषण के मन में उस दिन पहली बार यह बोध जागा कि “जीवन भले ही हमें चोट पहुँचाए, पर पढ़ाई, वह हमेशा रास्ता बनाती है।”

दसवीं के बाद वह हाई स्कूल के द्वार पर खड़ा था, जैसे किसी नई दुनिया की दहलीज़ पर। नई किताबें, नए सपने, और नए लक्ष्य सब उसकी आँखों में चमक रहे थे।

लेकिन इन सबके बीच एक गहरी बात उसे हर दिन समझ आ रही थी "माया" बड़ी विकराल है।

मनुष्य कितनी भी गहरी पीड़ा से गुज़रे, कितना भी किसी प्रिय के बिना अधूरा महसूस करे, फिर भी जीवन का चक्र थमता नहीं।

महामाया आदि शक्ति भवानी की लीला इतनी प्रबल है कि मनुष्य रोते-धोते भी फिर मुस्कुराना सीख लेता है, टूटते हुए भी फिर जुड़ना सीख लेता है, और बिखरते हुए भी आगे बढ़ना सीख लेता है।

यही महामाया है। जो रात के सबसे घने अंधेरे के बाद भी किसी न किसी दिशा से रौशनी भेज देती है।

चन्द्रभूषण भी उसी महामाया की छत्र-छाया में, अपनी पीड़ा को भीतर समेटे हुए, माथा ऊँचा रखकर हाई स्कूल की ओर बढ़ चला।

7: सपनों की डगर

दसवीं पास करने के बाद चंद्रभूषण ने एक पल को भी रुकना नहीं सीखा। सावित्री देवी की मौत का ग़म उसकी छाती में एक चुपचाप धधकती आग की तरह धँसा था, पर उसी दर्द ने उसे और ज़िद्दी बना दिया था। वह जानता था कि अब उसके पास हारने का कोई विकल्प नहीं है। गाँव में खेत-खलिहान, बँटवारे की कड़वाहट, भाइयों के ताने और घर की तंगी सब कुछ उसकी राह में काँटे थे, पर चंद्रभूषण रोज़ सुबह बस्ता लेकर स्कूल जाता और रात को लालटेन के नीचे पढ़ाई करता। उसकी दिनचर्या एक लौह संकल्प की तरह थी। सुबह चार बजे उठना, गाय-भैंसों की देखभाल, फिर तीन किलोमीटर पैदल चलकर स्कूल जाना, शाम को लौटकर खेत का काम, और फिर रात भर पढ़ाई। उसके हाथों में छाले पड़

गए थे, पर आँखों में वही जुनून बना रहा जो उसकी माँ ने उसे दिया था।

इसी बीच शंभूनाथ और सुनेना का रवैया और कठोर होता चला गया। अब जब सावित्री देवी नहीं रहीं, तो सुनेना का गुस्सा और भी बेलगाम हो गया। "इतनी पढ़ाई से क्या मिल जाएगा? दिन-रात किताबों में सिर घुसे रहता है। खेत का काम करेगा तो कम से कम कुछ तो कमाई होगी।" वह अक्सर कहती। शंभूनाथ भी अब खुलकर अपनी राय देने लगे, "सही कहती है भाभी। हम लोगों ने भी तो ज्यादा पढ़ाई नहीं की, पर घर चला रहे हैं।" पर चंद्रभूषण हर बार सिर्फ़ एक ही बात कहता "माई की कसम, मैं इस घर की किस्मत बदलूँगा।" यह वाक्य उसके लिए मंत्र की तरह था, जो हर विपरीत परिस्थिति में उसे संभाल लेता।

बारहवीं की परीक्षा नजदीक आ रही थी। चंद्रभूषण ने अपनी सारी ऊर्जा पढ़ाई में लगा दी। वह जानता था कि

यह परीक्षा उसके भविष्य की दिशा तय करेगी। रातों को जब पूरा गाँव सो चुका होता, वह लालटेन की मद्धम रोशनी में पढ़ता रहता। कभी-कभी भूख लगती, तो वह चूल्हे में बची रोटी को सेंककर खा लेता। उसकी इस लगन को देखकर गाँव के कुछ शिक्षक भी मदद करते। मास्टर साहब कभी-कभी उसे अपने घर बुलाकर पढ़ाते, पुरानी किताबें देते। यही वह समय था जब चंद्रभूषण ने महसूस किया कि शिक्षा सिर्फ किताबी ज्ञान नहीं, बल्कि एक ऐसा हथियार है जो इंसान को हर लड़ाई में मजबूत बनाता है।

आखिरकार वह दिन आया जब चंद्रभूषण ने अपनी 12वीं प्रथम श्रेणी से पास की। पूरे गाँव में उसके नंबरों की चर्चा थी। पर इस खुशी के बीच एक कड़वाहट भी थी। कॉलेज की फीस का सवाल। शंभूनाथ ने साफ कह दिया कि वह आगे की पढ़ाई के लिए पैसे नहीं दे सकते। पर चंद्रभूषण ने हार नहीं मानी। उसने शहर जाने का फैसला किया। वह जानता था कि यह रास्ता आसान नहीं होगा, पर उसके

पास अब कोई विकल्प नहीं था। रामलखन ठाकुर ने अपनी ओर से पूरी मदद की और पुत्र को विजई होने का आशीर्वाद देकर विदा किया।

शहर आकर चंद्रभूषण ने एक छोटे से कमरे में रहना शुरू किया। सुबह कॉलेज जाता और शाम को ट्यूशन पढ़ाता। इसके बावजूद वह अपनी पढ़ाई में पूरी लगन से जुटा रहा। कभी-कभी रात को थकान से चूर होकर वह किताबों के बीच ही सो जाता, पर सुबह फिर वही जुनून लेकर उठता। उसने ग्रेजुएशन पूरा किया, मेहनत और छात्रवृत्ति से अपनी पढ़ाई जारी रखी। गाँव के लोग कहते थे "ग़रीब घर का लड़का इतना कहाँ पहुँच पाएगा?" पर चंद्रभूषण ने इन आवाज़ों को अपने दिमाग़ के बाहर बंद कर दिया। वह जानता था कि समाज हमेशा संदेह की नजर से देखता है, पर सफलता इन संदेहों को धूल चटा देती है।

अब चंद्रभूषण के सामने एक नया लक्ष्य था। बी.पी.एस.सी की तैयारी। दो साल तक उसने अकेले में

कमरे की दीवारों और पुराने पोथियों के सहारे तैयारी की। उसका कमरा किताबों से भर गया था। दीवारों पर महत्वपूर्ण तथ्य और सूत्र लिखे हुए थे। सावित्री देवी की याद हर बार उसे जगाती "हमार बेटा अफ़सर बनेगा।" यह वाक्य उसके लिए प्रेरणा का असीम स्रोत था। कभी-कभी थकान होती, तो वह माँ की तस्वीर को देखता और फिर से पढ़ाई में जुट जाता।

जिस मनुष्य को उसके अपने घर की परिस्थिति, उसके अपने परिवार का संघर्ष और उसकी अपनी ज़िन्दगी की कठोर सच्चाइयाँ प्रेरित न कर सकें, उसे संसार का कोई उपदेश, कोई भाषण, कोई महापुरुष भी प्रेरित नहीं कर सकता। प्रेरणा बाहर से नहीं उतरती, वह भीतर की आग से जन्म लेती है। और जिस मन में यह अग्नि न हो, उसके लिए पर्वत भी केवल पत्थरों का ढेर ही रहते हैं।

और फिर वह ऐतिहासिक दिन आया जब चंद्रभूषण बी.पी.एस.सी में चयनित हुआ। पद, ग्राम विकास

अधिकारी। जब उसे यह खबर मिली, तो वह कई मिनट तक चुपचाप बैठा रहा। उसकी आँखों से आँसू की धारा बह निकली। यह वह पल था जिसकी कल्पना उसने सालों से की थी। नियुक्ति पत्र पाकर उसने सबसे पहले वही आकाश की ओर देखा और फुसफुसाया "माई हम सफल हो गए।" उसे लगा जैसे आकाश से माँ की मुस्कुराहट उस पर बरस रही हो।

विडंबना देखिए कि जिस गाँव में कभी कोई उसे कम आँकता था, आज उसी गाँव में उसकी पोस्टिंग हुई थी। अब वही लोग, वही भाई, वही रिश्तेदार उसे सम्मान से देखते थे। शंभूनाथ ने गर्व से कहा "अब लग रहा है कि हमारा छोटका वाकई घर की इज़्जत बढ़ा दिया।" सुनेना, जो कभी कटुता से बोलती थी, आज चुप थी। उसकी आँखों में एक अजीब सी शर्मिंदगी और खुशी का मिश्रण था। गाँव के बुज़ुर्ग बोल रहे थे "ग़रीबी, बँटवारा, ताने

सबके बावजूद बेटा अफ़सर बन गया, धन और पद सच में लोगों की नज़रें बदल देता है।"

यह सब सुनकर रामलखन ठाकुर गर्व से अपनी छाती चौड़ी कर कर घूमते।

पर चंद्रभूषण ने मुस्कराकर कहा "धन से नहीं मेहनत से इज़्जत मिलती है। मेहनत वह हथियार है जो हर युद्ध जीत सकता है।" और उस दिन पहली बार ऐसा लगा जैसे सावित्री देवी फिर से ज़िंदा होकर उसके सिर पर हाथ फेर रही हों। चंद्रभूषण ने महसूस किया कि उसकी सफलता सिर्फ उसकी नहीं थी, बल्कि हर उस युवा की थी जो संघर्षों के बावजूद सपने देखने का साहस रखता है। वह जानता था कि अब उसकी असली जिम्मेदारी शुरू हो रही है। अपने गाँव और समाज के विकास की। और इस जिम्मेदारी को निभाने के लिए वह पूरी तरह तैयार था। उस ज्ञान के साथ जो उसके इतने वर्षों की कमाई थी।

चंद्रभूषण मन में ही मां भवानी का स्मरण करते हुए कहता है। “जीवन ने एक बात बहुत गहराई से समझा दी है। दुनिया का बड़ा हिस्सा सिद्धांतों से नहीं, परिस्थितियों से चलता है, और परिस्थितियों का सबसे बड़ा कारीगर ‘धन’ है। पैसा नहीं तो इंसान की क्षमताएँ भी कबूतर की तरह किसी अंधेरी कोठरी में कैद हो जाती हैं, और पैसा हो तो वही क्षमताएँ मोर की तरह नाच उठती हैं। धन ही वह शक्ति है जो रिश्तों में मान–सम्मान फूँक देती है, और उसी के अभाव में वही रिश्ते कर्तव्यों का बोझ बन जाते हैं। यह कड़वी सच्चाई है कि धन से ही भिन्न-भिन्न ‘प्राप्य’ मिलते हैं। भाई भी, अपनापन भी, और कभी-कभी तो वही माता-पिता भी, जो समानता का पाठ पढ़ाते हैं, व्यवहार में संतानों के बीच अंतर कर बैठते हैं।

कहते हैं माता-पिता निष्पक्ष होते हैं, पर जीवन अपवादों से भरा है। परिवार में यदि दो बेटे हों एक संघर्षों में डूबा रह जाए और दूसरा अधिकारी बन जाए तो समाज ही नहीं,

घर की दीवारें भी इस फर्क को महसूस करने लगती हैं। जिसके पास सफलता हो, उसके लिए दरवाज़े स्वयं खुलने लगते हैं। जिसके पास न हो, वह उन्हीं दरवाज़ों पर दस्तक देते-देते थक जाता है। प्यार वही रहता है, पर उसका स्वरूप बदल जाता है। एक बेटे के लिए गर्व और दूसरे के लिए चिंता का भार बनकर।

और तब मन समझता है कि जीवन का सबसे पहला प्रेरक बाहरी तालियाँ नहीं, परिवार की स्थिति, वह संघर्ष, वह अभाव होता है जिसके बीच कोई पला-बढ़ा हो। जिसे उसके अपने ही घर के हालात प्रेरित न कर सकें, उसे दुनिया का कोई गुरु, कोई किताब, कोई ज्ञान दिशा नहीं दे सकता। मनुष्य का असली जागरण दर्द से होता है, और उसकी असली उड़ान उसी क्षण से शुरू होती है जब वह समझ लेता है कि परिस्थितियों को कोसा नहीं जाता उन्हीं को सीढ़ी बनाया जाता है।"

और तैयार हो जाता है सेवा के इस नए पथ पर चलना है।

8: अंजाना सा लगाव

शाम ढल चुकी थी, और आसमान में सूरज की आखिरी किरणें भी विदा ले चुकी थीं। चन्द्रभूषण वी.डी.ओ दफ़्तर से लौट रहा था, उसके मन में आज के काम की समीक्षा चल रही थी। नवंबर की हल्की ठंडी हवा चल रही थी और गाँव की सुनसान होती गलियों में सन्नाटा पसरा हुआ था। पर आज हवा में कुछ अजीब-सी घबराहट थी, जैसे कोई अनहोनी होने वाली हो। सड़क के मोड़ पर पहुँचते ही उसे कुछ लड़कों की आवाज़ें सुनाई दीं, जो सामान्य बातचीत नहीं लग रही थीं। आवाज़ों में एक अजीब सी छेड़छाड़ और दबंगई झलक रही थी।

"अरे रुक जा न हम तो बस तुझसे दोस्ती करना चाहते हैं।" एक लड़के की आवाज़ आई।

"हाँ-हाँ,घर तक छोड़ देंगे डर क्यों रही है?" दूसरे ने कहा।

"इतनी अकड़ किस बात की है? हम तो तेरे अपने ही गाँव के हैं।" तीसरे की आवाज़ में छलका अहंकार साफ सुनाई दे रहा था।

चन्द्रभूषण ने गाड़ी की रफ्तार धीमी की और ध्यान से देखा। एक 16-17 साल की लड़की घबराकर तेज़-तेज़ क़दम बढ़ाती जा रही थी, उसके चेहरे पर डर साफ झलक रहा था। पीछे उसके गाँव के ही पाँच-छः लड़के चल रहे थे, जिनमें सबसे आगे उसका सगा भतीजा 'लव' चल रहा था। लव, जिसे वह बचपन से पलता-बढ़ता देख रहा था, आज उसी की आँखों के सामने गलत राह पर चल रहा था। चन्द्रभूषण का दिल एक पल को जैसे रुक गया। उसने सोचा, "ये तो लव है। वही लव जिसे मैंने कंधे पर बैठाकर घुमाया था। आज फिर गलत संगत में पड़ा है। ऐसे छूटने दिया तो एक दिन किसी की ज़िंदगी बरबाद कर देगा।"

बिना एक पल गँवाए, चन्द्रभूषण ने बाइक एकदम लड़कों के सामने लगा दी, जैसे कोई दीवार खड़ी हो गई हो।

"ओए! सब के सब रुको।" उसकी आवाज़ में गुस्सा और अधिकार का भाव था, जो पूरी गली में गूँज गया।

लड़के सकपका गए, जैसे उन्हें किसी ने अचानक झकझोर दिया हो। "चाचा आप?" लव हकलाकर बोला, उसके चेहरे का रंग उड़ गया था। वह जानता था कि चाचा के सामने उसकी कोई चलने वाली नहीं है।

चन्द्रभूषण गुस्से से आग बबूला था। उसकी आँखों में क्रोध की लहर दौड़ गई। "शर्म नहीं आती? किसी की बेटी-बहन का रास्ता रोक रहे हो? तुम लोगों को यही सिखाया है तुम्हारे माँ-बाप ने? अभी सबके माँ-बाप को बुलाकर खड़ा कर दूँ? देखते हैं कितनी बड़ी हिम्मत है तुममें।"

लड़के डरकर भागने लगे, जैसे बिल्ली को देखकर चूहे भागते हैं। "भागो यहाँ से! शक्ल मत दिखाना दोबारा! अगली बार देख लिया तो पुलिस थाने तक की बात होगी।" चन्द्रभूषण चिल्लाया, और लड़के अंधेरे में गायब हो गए।

लड़की अब भी काँप रही थी, उसकी आँखों में आँसू थे और होंठ थरथरा रहे थे। चन्द्रभूषण ने नर्म स्वर में कहा, "डरिए मत आप सुरक्षित हैं। घर कहाँ है आपका? कौन गाँव की हैं आप?"

लड़की ने डरते-डरते जवाब दिया, "जी मेरा नाम रेखा है। उधर हरिजन टोला में रहती हूँ। आज स्कूल से देर हो गई थी। टीचर ने कुछ एक्स्ट्रा क्लास लगा दी थी। मैंने सोचा नहीं था कि रास्ते में ऐसा होगा।" उसकी आवाज़ में अभी भी डर का कंपन था।

चन्द्रभूषण ने गहरी साँस ली और कहा, "रेखा, आज के बाद कोई भी परेशानी हो, चाहे पढ़ाई की हो या किसी का दबाव हो सीधे वी.डी.ओ दफ़्तर आ जाना, या इस नंबर पर फ़ोन करना। मैं चन्द्रभूषण हूँ, इसी गाँव का वी.डी.ओ।" उसने अपना नंबर एक कागज पर लिखकर रेखा को दिया।

रेखा ने पहली बार सिर उठाकर उसकी ओर देखा, उसकी आँखों में आश्चर्य और कृतज्ञता का भाव था। "धन्यवाद साहेब। आज अगर आप नहीं आते तो पता नहीं क्या हो जाता, मैं तो घबरा गई थी।" उसकी आवाज़ भर्रा गई।

चन्द्रभूषण ने बाइक स्टार्ट की और कहा, "बैठो, मैं घर छोड़ दूँ। रात को अकेले मत निकला करो। अगर कभी देर हो जाए तो किसी सहेली के साथ चला करो या घर से किसी को बुला लिया करो।"

रेखा संकोच से बाइक पर बैठ गई। रास्ते भर चन्द्रभूषण के मन में बस एक ही बात चल रही थी "जिस बच्चे को हमने गोद में खेलते देखा, जिसे पहली बार साइकिल चलाना सिखाया, जिसे पाढ़ना सिखाया, वही अब गलत रास्ते की तरफ बढ़ रहा है। कहाँ चले गए वो दिन जब बच्चे शाम को खेलकर घर लौटते थे? अगर मैंने आज नहीं टोका, तो कल किसी की ज़िंदगी बर्बाद हो सकती है। लव की ज़िंदगी भी और इस मासूम लड़की की भी।"

रेखा को उसके घर के सामने छोड़ने के बाद चन्द्रभूषण कुछ देर वहीं खड़ा रहा। उसकी आँखों में एक संतोष था। आज उसने किसी की इज़्ज़त, किसी की ज़िंदगी बचाई थी। पर इस संतोष के साथ-साथ एक चिंता भी थी। लव और उस जैसे युवाओं का भविष्य। उसने सोचा कि कल से ही वह गाँव के युवाओं के लिए कुछ करेगा उन्हें सही राह दिखाएगा। क्योंकि वह जानता था कि यही एक सच्चे अधिकारी का सबसे बड़ा धर्म होता है। न सिर्फ कागजों पर काम करना, बल्कि लोगों के जीवन में सकारात्मक बदलाव लाना।

रात के उस दिन के बाद से सब कुछ धीरे-धीरे बदलने लगा था, जैसे किसी नदी का रुख मोड़ दिया गया हो। चन्द्रभूषण जब भी अपने दफ्तर से लौटता, अक्सर राह में वही लड़की होती। कभी स्कूल की किताबों का बस्ता लटकाए, कभी अपनी सहेली के घर से लौटती हुई दिख

जाती। गाँव की अँधेरी गलियाँ अब भी लड़कियों के लिए सुरक्षित नहीं थीं, और चन्द्रभूषण को अंदर ही अंदर लगता था कि एक दिन की मदद काफी नहीं सुरक्षा सिर्फ एक बार का वादा नहीं, एक निरंतर चिंता होनी चाहिए।

अब यह उसके लिए एक जिम्मेदारी बन चुकी थी, पर ऐसी जिम्मेदारी जिसमें बोझ नहीं, एक सहज स्नेह था। वह रोज़ उसी मोड़ पर, उसी पीपल के पेड़ के नीचे, अपनी बाइक की रफ़्तार धीमी कर देता और धीरे से कह देता "चलो, मैं छोड़ देता हूँ। रात हो गई है।" पहले-पहले तो रेखा संकोच करती, "नहीं सर, मैं चली जाऊँगी," पर चन्द्रभूषण की आँखों में छिपी चिंता देखकर वह मना नहीं कर पाती। धीरे-धीरे यह संकोच एक आदत में बदल गया। रेखा अब कुछ बोलती नहीं, बस हल्की-सी मुस्कान के साथ पीछे बैठ जाती, जैसे यह किसी अनकहे समझौते का हिस्सा हो। फिर चन्द्रभूषण उसे उसके घर के पास तक छोड़कर, यह सुनिश्चित करके कि वह सुरक्षित अंदर चली

गई, ही लौटता। यह सिलसिला हर रात का बन गया बिना किसी वादा-कसम के, बिना किसी औपचारिकता के, पर जैसे दोनों के दिलों ने चुपचाप तय कर लिया हो कि यह ज़रूरी है।

कुछ हफ़्तों बाद, गाँव के स्कूल में एक विकास कार्यक्रम रखा गया "शिक्षा और सशक्तिकरण" पर एक गोष्ठी। चन्द्रभूषण को मुख्य अतिथि के रूप में भाषण देना था। वह मंच पर पहुँचा, सफ़ेद कुर्ता-पायजामा पहने, और जैसे ही उसने नीचे बैठे लोगों पर नज़र दौड़ाई, पहली नज़र फिर उसी पर पड़ी, रेखा। आज वह स्कूल की ओर से टॉपर बनी थी, और पुरस्कार उसी के हाथों उसे मिलना था। उसके चेहरे पर एक गर्विली मुस्कान थी। वह मुस्कान जो संघर्ष से जूझती हुई लड़की की सफलता की कहानी कह रही थी।

जब चन्द्रभूषण ने माइक से उसका नाम पुकारा "रेखा कुमारी, कक्षा बारहवीं, प्रथम स्थान" तो रेखा की आँखों में

वही विश्वास दिखाई दिया, जो उस रात पहली बार चमका था, जब उसने कहा था "डरिए मत बिटिया आप सुरक्षित हैं।" वह मंच पर आई, और पुरस्कार लेते समय दोनों की नज़रें एक पल के लिए ठहर गईं। ऐसा ठहराव, जिसमें शब्दों की ज़रूरत नहीं थी, जिसमें एक आभार था, एक गहरा विश्वास था, और कहीं न कहीं एक ऐसा बंधन भी था जो अब तक अनकहा था। चन्द्रभूषण ने पुरस्कार थमाते हुए कहा, "बहुत बढ़िया, रेखा। तुम्हारी मेहनत रंग लाई।" रेखा ने मुस्कुराकर सिर झुकाया।

कुछ दिन बाद रेखा एक सरकारी योजना "नल जल योजना" से जुड़े काम के लिए चन्द्रभूषण के कार्यालय पहुँची। उसके हाथ में एक फाइल थी, और चेहरे पर एक गंभीरता थी, मानो वह कोई बड़ी समस्या लेकर आई हो। दरवाज़े पर खड़ी उसे देखकर चन्द्रभूषण कुछ पल को चौंक गया। उसने कभी सोचा नहीं था कि रेखा उसके दफ्तर तक आएगी।

"अरे तुम? आओ, बैठो। क्या काम है?" चन्द्रभूषण ने कुर्सी की ओर इशारा किया।

रेखा ने फाइल सामने रखते हुए कहा "सर, हमारे घर में नल का पानी नहीं आता है। सोचा आपकी सलाह ले लूँ कि इस योजना का लाभ कैसे मिल सकता है।"

चन्द्रभूषण मुस्कुरा दिया "सर मत कहा करो नाम से बुलाओ। और हाँ, चिंता मत करना मैं खुद तुम्हारे घर देखने आऊँगा और व्यवस्था करवा दूँगा। तुम सिर्फ इतना बताओ कि कल सुबह ठीक रहेगा?"

रेखा ने हामी भरी। और घर चली गई।

इस बार उनकी मुलाकात पहले से अलग थी। यहाँ न तो अँधेरी गली का डर था, न रात का सन्नाटा। खिड़की से छनकर आती धूप में रेखा कुछ और ही लग रही थी। आत्मविश्वास से भरी, समस्याएँ सुलझाने को तत्पर। और चन्द्रभूषण अपने मन में उठती हल्की-सी धड़कनों

को रोक नहीं पाया। धड़कनें जो सिर्फ चिंता की नहीं, एक नई, अनजानी सी लगाव की थीं।

उधर रेखा के मन में भी जाने कब से एक अनजाना अपनापन बसने लगा था। एक ऐसा विश्वास, जो उसे किसी और में कभी महसूस नहीं हुआ था। चन्द्रभूषण सिर्फ एक अधिकारी नहीं था। वह सुरक्षा था, विश्वास था, और अब धीरे-धीरे, एक ऐसा व्यक्ति बनता जा रहा था जिसके बिना उसकी दुनिया अधूरी सी लगने लगी थी।

चंद्रभूषण को एक अच्छा विकल्प मिला उसने अपने कार्यालय में सहयोगी कार्यकर्ता के रूपमें उसे नौकरी देने का विचार किया और रेखा के माता–पिता ने सहमति भी दे दी।

अब मुलाकातें बढ़ने लगीं कभी रास्ते में, कभी दफ्तर की किसी फाइल के बहाने। हर मुलाकात एक नया धागा जोड़ती गई उन अनकहे रिश्तों के ताने-बाने में। और रात को घर छोड़ने का वह अनकहा रिवाज़ तो अब दोनों की

दिनचर्या का एक स्थायी हिस्सा बन चुका था। एक ऐसा हिस्सा जिसकी कल्पना किए बिना अब दिन पूरा नहीं होता था।

9: प्यार का इजहार

रात को गाँव की गलियाँ हमेशा की तरह सुनसान थीं, केवल दूर कुत्तों के भौंकने की आवाज़ और पेड़ों की सरसराहट ही इस सन्नाटे को तोड़ती थी। चन्द्रभूषण रोज़ की तरह रेखा को सड़क के मोड़ तक छोड़ने निकला था। हवा हल्की-हल्की चल रही थी, और दूर कहीं खेतों से पकते धान की मीठी-सी खुशबू आ रही थी, जो नवंबर की इस ठंडी रात में एक अजीब सी गर्माहट भर रही थी। रेखा आज कुछ ज़्यादा ही चुप थी। उसकी आँखों में कुछ अनकहा ठहरा हुआ था, जैसे कोई निर्णय लेने से पहले का वह क्षण हो जब दिल और दिमाग एक दूसरे से संवाद कर रहे हों।

चन्द्रभूषण ने बाइक स्टार्ट की। रेखा पीछे बैठी। शुरू में उसने हमेशा की तरह बाइक के पीछे के हैंडल पकड़े, पर आज कुछ अलग था। कुछ देर बाद, जब बाइक एक खेत

के किनारे से गुज़र रही थी, अचानक रेखा की उँगलियाँ चन्द्रभूषण की कमर पर टिक गईं पहली बार आज उसने उसे इस तरह पकड़ा था, एक ऐसा स्पर्श जो सिर्फ संतुलन बनाने के लिए नहीं, बल्कि एक अनकहे आकर्षण की अभिव्यक्ति थी।

चन्द्रभूषण का दिल ज़ोर से धड़क उठा। उसकी साँसें एक पल के लिए थम सी गईं। यह इशारा साफ़ था कि रेखा का मन भी उसी दिशा में बढ़ रहा है जहाँ कई रातों से उसका अपना मन भटक रहा था। वह जानता था कि इस छोटे से स्पर्श में कितना बड़ा अर्थ छिपा है। यह सिर्फ एक लड़की का बाइक पर संतुलन बनाना नहीं, बल्कि एक औरत का पुरुष को अपनाना था।

कुछ दूर जाकर वह बाइक रोक देता है। सामने एक पुराना पीपल का पेड़ था जिसकी घनी छाया चाँदनी को छन-छन कर रही थी। "ठीक हो?" चन्द्रभूषण हल्की मुस्कान के साथ पूछता है, मानो वह सिर्फ बाइक रुकने का कारण

पूछ रहा हो, जबकि दोनों जानते थे कि यह रुकना किसी और वजह से है। रेखा बस सिर झुका कर मुस्कुरा देती है, "हम्म" उसकी यह मौन स्वीकृति चन्द्रभूषण के लिए सब कुछ कह गई।

पास ही एक छोटा-सा ठेला था जहाँ एक बूढ़ा आदमी कुल्फ़ी बेच रहा था। दोनों वहीं रुककर कुल्फ़ी खाते हैं। चन्द्रभूषण बार-बार रेखा की ओर देखता है। उसकी आँखों में आज कुछ और ही चमक थी, वह चमक जो पहली बार किसी को प्यार करने पर आती है। कुल्फ़ी पिघलने से पहले ही चन्द्रभूषण धीरे से बोल पड़ता है, "रेखा, मैं कुछ कहना चाहता हूँ। पर पता नहीं कैसे?" उसकी आवाज़ में एक अजीब सी घबराहट थी, वह घबराहट जो पहली बार प्यार का इज़हार करने से पहले आती है।

रेखा हल्की मुस्कान के साथ उसकी ओर देखती है, जैसे पहले से सब जानती हो कि आज क्या होने वाला है।

उसकी आँखों में कोई आश्चर्य नहीं, बस एक शांत स्वीकृति थी।

चन्द्रभूषण की आवाज़ और भी धीमी हो जाती है, मानो वह खुद से ही बात कर रहा हो “रेखा, मैं बहुत दिन से कहना चाहता हूँ। तुम मुझे बहुत अच्छी लगती हो।” यह वाक्य इतना साधारण था, पर इसमें इतना कुछ समाया हुआ था। सालों का अकेलापन, माँ के जाने के बाद का सूनापन, और अब इस लड़की के आने से जो नई उम्मीद जगी थी।

रेखा का हाथ धीरे से चन्द्रभूषण के हाथ पर आ गया। उसका यह स्पर्श चन्द्रभूषण के लिए एक ऐसा संगीत था जो उसने पहले कभी नहीं सुना था। दोनों के हाथों का यह मिलन केवल दो हाथों का मिलन नहीं था, बल्कि दो आत्माओं का मिलन था जो अब तक अलग-अलग रास्तों पर चलते हुए थक चुकी थीं। “मुझे भी।” उसने इतना ही कहा। इतना ही काफ़ी था।

पास के खेत शांत थे, और तारों की रोशनी धरती पर एक चाँदनी का आवरण बिछा रही थी। चन्द्रभूषण ने रेखा की ओर देखा और धीरे से कहा, "चलो, वहाँ बैठते हैं।" और उसने खेत के किनारे पर पड़ी एक पुरानी चारपाई की ओर इशारा किया। दोनों वहाँ बैठ गए। कुछ पल तक दोनों चुप रहे, फिर चन्द्रभूषण ने हौले से अपना हाथ रेखा के कंधे पर रख दिया। रेखा ने कोई प्रतिरोध नहीं किया, बल्कि वह उसके और करीब आ गई।

चन्द्रभूषण ने धीरे से उसका चेहरा अपनी ओर मोड़ा। चाँद की रोशनी में रेखा का चेहरा और भी सुंदर लग रहा था। रेखा ने भी अपनी बाँहें चन्द्रभूषण के गले में डाल दीं और उसे करीब खींच लिया।

धीरे-धीरे यह आलिंगन गहरा होता गया। आसमान में तारे टिमटिमा रहे थे, इस प्यार के साक्षी बनकर।

दोनों एक-दूसरे में ऐसे खोए कि रात कहाँ ग़ायब हो गई, पता ही नहीं चला। दोनों कुछ देर तक चुपचाप लेटे रहे,

चन्द्रभूषण रेखा को अपनी बाँहों में समेटे हुए। रेखा ने अपना सिर उसके सीने पर रख लिया और उसकी धड़कनें सुनने लगी। "तुम्हारी धड़कनें इतनी तेज़।" उसने फुसफुसाया। "हाँ तुम्हारे लिए।" चन्द्रभूषण ने कहा और उसके बालों में हाथ फेर दिया।

कितनी देर बाद बाइक फिर चली, कोई नहीं बता सकता। रेखा ने अब पीछे का हैंडल नहीं पकड़ा था। उसकी दोनों बाँहें चन्द्रभूषण की कमर के चारों तरफ़ कसी हुई थीं। रास्ते में रेखा ने कहा, "आज थोड़ा देर हो जाएगी घर वाले पूछेंगे।"

चन्द्रभूषण ने कहा, "मैं छोड़ देता हूँ, फिक्र मत करो।"

जब वह घर पहुँची तो सचमुच काफी देर हो चुकी थी। दरवाज़ा खुला और उसके पिता ने पूछा, "इतनी देर कैसे हो गई?"

रेखा ने झट से बहाना बना दिया, "रास्ते में पेड़ गिर गया था जाम था दूसरे रास्ते से आना पड़ा।" उसकी आवाज़ में एक अजीब सी कंपन थी, पर उसने खुद को संभाल लिया।

घर वाले मान भी गए, और रेखा अपने कमरे में चली गई।

पर उस रात दोनों ही सोने गए, पर नींद किसी को नहीं आई। चन्द्रभूषण अपने कमरे की खिड़की से तारों को देखता रहा, और उसके मन में रेखा की याद तैरती रही। रेखा भी अपने बिस्तर पर करवटें बदलती रही, और हर बार उसे चन्द्रभूषण का स्पर्श याद आता रहा। दिल में पहला प्यार हल्की-सी लौ बनकर जल उठा था। यह रात उन दोनों के जीवन की सबसे यादगार रात बन गई वह रात जब दो अकेले दिल मिले और एक हो गए।

10: कर्तव्य पथ

गाँव की गलियों में अब एक नई काना-फूसी जन्म लेने लगी थी, जैसे सूखे खेत में अचानक खरपतवार उग आए हों। लोगों को तकलीफ़ थी। चंद्रभूषण का मोटरसाइकिल से रेखा को घर छोड़ना। चौपाल पर बैठे बुजुर्ग अपनी डाढ़ी हिलाते हुए कहते, "अधिकारी बनते ही रंग बदल गया। पहले तो ठीक था, पर अब तो नौकरी के साथ-साथ लड़कियों को छोड़ने का भी काम शुरू कर दिया है।" औरतें कुएँ पर पानी भरते हुए फुसफुसातीं, "लड़की-लड़का इतना घुल-मिलना ठीक नहीं। अरे, वह तो हरिजन टोले की है, और यह ठाकुर परिवार का। समझ में नहीं आता ये लोग क्या सोचते हैं।"

रेखा नौकरी तो जाती थी। पर लौटते समय अक्सर चंद्रभूषण के साथ ही दिखती थी। यह बात पड़ोसियों के सीने में काँटे की तरह चुभने लगी। कुछ लोग ईर्ष्या से

जलते थे कि एक हरिजन लड़की को वी.डी.ओ साहब की सवारी मिल रही है, तो कुछ को यह अनैतिक लगता था। ईर्ष्या, जलन और अधूरी सोच ने ज़हर घोलना शुरू कर दिया, और यह ज़हर धीरे-धीरे पूरे गाँव में फैलने लगा।

एक दिन रेखा की माँ ने उसे रसोई में बुलाया और सख्त आवाज़ में पूछा, "कौन है वो रोज़ छोड़ने वाला लड़का? लोग क्या-क्या बातें कर रहे हैं, तुझे पता है?" रेखा चुप रही, नज़रें झुका लीं। उसका दिल तेज़ी से धड़क रहा था। वह जानती थी कि सच अगर बाहर आता, तो समाज की आग सबसे पहले उसी को जलाती। उसकी इज़्ज़त, उसका भविष्य, सब कुछ भस्म हो जाता। उसने केवल इतना कहा, "माँ, वह वी.डी.ओ साहब हैं। मुझे सुरक्षित घर पहुँचा देते हैं। बस इतना ही।" पर माँ की आँखों में संदेह का भाव कम नहीं हुआ।

चंद्रभूषण भी यह सब महसूस कर रहा था। वह जानता था कि गाँव की जुबानें कितनी तेज़ होती हैं, कैसे एक मामूली

बात को बढ़ा-चढ़ाकर पेश किया जाता है। लेकिन उसका मन साफ़ था। "अगर किसी को सुरक्षित घर पहुँचाना गुनाह है, तो यह गुनाह वो रोज़ करेगा। मैंने तो बस एक इंसान की मदद की है, पर लोगों की नज़र में यह अपराध बन गया है।" फिर भी वह रोज़ रेखा को छोड़ने जाता, क्योंकि उसके लिए रेखा की सुरक्षा समाज की बातों से ज़्यादा महत्वपूर्ण थी।

दोनों का रिश्ता भीतर-भीतर मजबूत हो रहा था। हर मुलाकात में एक नया विश्वास जुड़ रहा था, हर बातचीत में एक नया अपनापन पनप रहा था। लेकिन बाहर समाज की दीवारें ऊँची होती जा रही थीं। दीवारें जो जाति, सम्मान और पुरानी रूढ़ियों से बनी थीं। अब कहानी सिर्फ़ प्यार की नहीं रही थी, यह टकराव था। दिल बनाम समाज, प्रेम बनाम परंपरा, सच्चाई बनाम झूठ। और यह टकराव अब धीरे-धीरे आग बनने लगा था, एक ऐसी आग जो शायद सब कुछ जला कर रख दे।

कुछ दिन बाद।

सुबह की हल्की धूप रेखा के कमरे में छनकर आ रही थी, पर उसका मन बहुत भारी था। पिछले कुछ दिनों से उसे अजीब सी तबीयत लग रही थी। चक्कर आना, जी मिचलाना, और कुछ खास तारीखों का याद न रहना। पहले तो उसने सोचा कि शायद मौसम बदल रहा है या काम की थकान है, पर जब लगातार एक हफ्ते तक यही हाल रहा, तो उसके मन में एक डर सा समा गया। उसने चुपचाप गाँव की दाई से मिलकर जाँच करवाई, और वह बात सच निकली जिसका उसे आभास था। वह गर्भवती थी।

उस पल रेखा की दुनिया जैसे थम सी गई। उसकी आँखों के सामने अँधेरा छा गया। वह जानती थी कि यह क्या मतलब है। एक अविवाहित लड़की का गर्भवती होना, वह भी एक ऊँची जाति के लड़के से। समाज उसे जीने नहीं

देगा। उस रात वह चंद्रभूषण से मिली, और अपनी आँखों में आँसू भरकर सब कुछ बता दिया।

चंद्रभूषण को पहले तो विश्वास ही नहीं हुआ। फिर जब हकीकत समझ में आई, तो उसके मन में एक अजीब सी शांति छा गई। वह जानता था कि अब उनके सामने दो ही रास्ते हैं। या तो वह रेखा को छोड़ दे, जो उसके लिए असंभव था, या फिर उससे शादी कर ले। उसने रेखा को गले लगाते हुए कहा, "डरो मत। मैं हूँ ना। हम शादी करेंगे।"

पर चंद्रभूषण को पता था कि यह इतना आसान नहीं होगा। उसने सबसे पहले अपने पिता रामलखन से इस बारे में बात करने का फैसला किया। एक शाम जब वह घर गया, तो उसने पिता के सामने बैठकर कहा, "बाबूजी, मैं एक लड़की से शादी करना चाहता हूँ।"

रामलखन ने पूछा, "कौन है लड़की? किस गाँव की है? कौन सी जाति है?"

चंद्रभूषण ने सच कहा, "वह इसी गाँव की है। रेखा कुमारी। हरिजन टोले की रहने वाली है।"

यह सुनते ही रामलखन का चेहरा लाल हो गया। "क्या? हरिजन लड़की? तू पागल तो नहीं हो गया है? हम ठाकुर परिवार हैं। हमारे घर में हरिजन बहू? कभी नहीं! यह हमारी जाति, हमारे पूर्वजों के साथ विश्वासघात होगा!"

चंद्रभूषण ने कोशिश की, "बाबूजी, जाति सिर्फ एक शब्द है। रेखा बहुत अच्छी लड़की है। पढ़ी-लिखी है।"

पर रामलखन ने बात काट दी, "नहीं! बिल्कुल नहीं! मैं यह शादी कभी नहीं होने दूँगा। तू चाहे नौकरी छोड़ दे, घर छोड़ दे, पर यह शादी नहीं होगी।"

चंद्रभूषण ने यह नहीं बताया कि रेखा गर्भवती है। वह जानता था कि अगर यह बात सामने आई, तो स्थिति और भी बिगड़ जाएगी। उसने चुपचाप वहाँ से उठकर चला गया, पर उसका मन पक्का था। वह रेखा से शादी करेगा, चाहे कुछ भी हो जाए।

अगले कुछ दिनों में चंद्रभूषण ने एक योजना बनाई। उसने रेखा से कहा, "हमें भागकर शादी करनी होगी। यहाँ रहकर यह शादी असंभव है।" रेखा ने हाँ कर दी। उसे डर था, पर चंद्रभूषण पर विश्वास था।

एक रात, जब पूरा गाँव सो रहा था, चंद्रभूषण और रेखा गाँव से निकल गए। चंद्रभूषण ने अपनी बाइक पर रेखा को बैठाया, और दोनों शहर की ओर चल पड़े। रास्ते भर रेखा का दिल धड़क रहा था। डर और उम्मीद के बीच झूलता हुआ। चंद्रभूषण ने उसका हाथ थामा और कहा, "डरो मत। मैं तुम्हारे साथ हूँ।"

शहर पहुँचकर उन्होंने एक मंदिर में जाकर गंधर्व विवाह किया। कोई दावत नहीं, कोई रीति-रिवाज नहीं, बस दो दिलों का मिलन। चंद्रभूषण ने रेखा के गले में मंगलसूत्र पहनाया, और उसके माथे पर सिंदूर लगाया। उस पल दोनों की आँखों में आँसू थे। खुशी के आँसू, संघर्ष के आँसू, और एक नई शुरुआत की उम्मीद के आँसू।

जब वे विवाह के बाद गाँव लौटे, तो तूफ़ान खड़ा हो गया। रामलखन ने चंद्रभूषण को घर से निकाल दिया। गाँव वालों ने उनकी बहिष्कार की घोषणा कर दी। रेखा के परिवार को भी समाज के ताने सुनने पड़े। पर चंद्रभूषण और रेखा ने हार नहीं मानी। उन्होंने गाँव के बाहर एक छोटा सा किराए का कमरा लिया, और अपनी नई ज़िंदगी शुरू की।

यह आसान नहीं था। चंद्रभूषण की नौकरी खतरे में पड़ गई क्योंकि गाँव के कुछ प्रभावशाली लोगों ने उसके खिलाफ शिकायतें करनी शुरू कर दीं। पर दोनों ने एक-दूसरे का हाथ थामे रखा। चंद्रभूषण ने कहा, "हमने साथ रहने का फैसला किया है, तो हर मुश्किल का सामना साथ ही करेंगे।"

और इस तरह शुरू हुई चंद्रभूषण और रेखा की नई जंग - एक ऐसी जंग जो न सिर्फ उनके प्यार की परीक्षा थी, बल्कि पूरे समाज की सोच को चुनौती देने वाली थी।

11: जन्म और बंधन

उस रात की खामोशी में एक अजीब सा दर्द भरा था, जैसे हवा खुद सिसक रही हो। आसमान के तारे भी जैसे आँख मूंदे हुए थे, इस डर से कि कहीं वे कुछ देख न लें जो नहीं देखना चाहिए। छोटे से किराए के कमरे में जहाँ चंद्रभूषण और रेखा ने अपनी दुनिया बसानी शुरू की थी, आज एक नया सूरज उगने वाला था। रेखा की कराहटें दीवारों से टकरा रही थीं और चंद्रभूषण का दिल उन आवाजों के साथ धड़क रहा था। आधा डर, आधी उम्मीद।

सुबह की पहली रोशनी ने जब अँधेरे को चीरा, तो रेखा की गोद में एक मासूम सा बेटा जन्म ले चुका था। उसकी छोटी-छोटी आँखें बंद थीं, मुट्ठियाँ भींची हुईं, जैसे इस दुनिया के तूफानों से अनजान हो। चंद्रभूषण ने पहली बार अपने बेटे को देखा तो उसकी आँखों से आँसू बह निकले वे आँसू थे जिनमें खुशी थी, डर था, और एक बोझिल

जिम्मेदारी का एहसास था। रेखा भी रो रही थी, उसके आँसुओं में वह दर्द था जो हर माँ को होता है जब वह जानती है कि उसका बच्चा एक ऐसी दुनिया में आया है जो उसे स्वीकार नहीं करती।

"इसका नाम क्या रखें?" रेखा ने थकी आवाज में पूछा।

चंद्रभूषण ने बच्चे के माथे को प्यार से छुआ, "चंद्रेश हम इसका नाम चंद्रेश रखेंगे। चंद्र का ईश।" पर यह सिर्फ नाम नहीं था। चंद्रभूषण जानता था कि यह बच्चा सिर्फ बच्चा नहीं है। यह एक सवाल है, एक चुनौती है उस समाज के सामने जो अभी तक जाति के बंधनों में जकड़ा हुआ है। यह बच्चा पूछेगा क्या प्यार से बड़ी कोई जाति है? क्या इंसानियत से ऊपर कोई परंपरा है?

पर गाँव की मिट्टी में सदियों का जहर भरा हुआ था। चंद्रेश के जन्म की खबर जैसे ही फैली, वैसे ही आग लग गई। यह आग नफरत की थी, उस सोच की थी जो टूटने से डरती थी। रेखा के घर वालों को लगा जैसे उनकी

इज्जत धूल में मिल गई हो। सम्मान, जात, झूठी शान सब कुछ एक साथ भड़क उठा।

रेखा के पिता, जो अब तक चुप थे, अब बोल पड़े, "हमारी बेटी वापस लाओ। यह बच्चा हमारे घर में नहीं पलेगा।" जब चंद्रभूषण और रेखा ने मना किया, तो उन्होंने पुलिस में रिपोर्ट लिखवा दी। कागजों पर कहानी बदल दी गई "अपहरण", "बहलाना-फुसलाना", "नाबालिग लड़की को भगाना"। सच को मोड़कर झूठ बनाया गया। हाँ, रेखा शादी के वक्त सत्रह साल की थी, और कानून की नजर में वह नाबालिग थी। इसी बात को हथियार बनाया गया।

एक सुबह जब चंद्रभूषण चंद्रेश को गोद में लिए बैठा था, पुलिस आ धमकी। रेखा को जबरदस्ती उसके मायके वालों के साथ भेज दिया गया। चंद्रभूषण के हाथों से चंद्रेश को छीनकर रेखा की माँ को दे दिया गया। रेखा की चीखें दीवारों से टकराकर वापस लौट आईं, "मेरा बच्चा! मुझे मेरा बच्चा दो!" पर किसी के कानों पर जूँ तक नहीं रेंगी।

और चंद्रभूषण जो अभी-अभी पिता बना था, जिसने सिर्फ प्यार करना सीखा था, जिसने कभी किसी को दुख नहीं दिया था। उसके हाथों में हथकड़ी पड़ गई। उसकी नजरें चंद्रेश पर टिकी थीं, जो अब रो रहा था। उसने कहा, "मेरे बेटे का ख्याल रखना।" पर उसकी आवाज हथकड़ियों की खनक में खो गई।

जेल का गेट बंद हुआ तो सिर्फ एक आदमी कैद नहीं हुआ। एक सपना कैद हुआ। प्यार का सपना, बराबरी का सपना। एक परिवार कैद हुआ चंद्रभूषण, रेखा और चंद्रेश का परिवार। और एक जमाना कैद हुआ। वह जमाना जब लोग सोचते थे कि प्यार सब कुछ बदल सकता है। ताले के भीतर चला गया विश्वास, चला गया प्यार, चला गया वह सपना जो चंद्रभूषण ने अपनी माँ से पाया था।

जेल की कोठरी के अँधेरे में बैठे चंद्रभूषण की आँखों में अब भी एक रोशनी थी। यह रोशनी निराशा की नहीं, उम्मीद की थी। यह रोशनी उसके बेटे चंद्रेश की याद थी।

चंद्रेश का मासूम चेहरा, उसकी छोटी उँगलियाँ, उसकी पहली मुस्कान ये सब यादें अब चंद्रभूषण के लिए दीया बन गई थीं। वह जानता था कि अब उसकी लड़ाई सिर्फ अपने प्यार के लिए नहीं, अपने बेटे के भविष्य के लिए है। चंद्रेश बड़ा होकर कैसा समाज देखेगा? क्या उसे अपने माँ-बाप के प्यार पर शर्म आएगी या गर्व होगा?

चंद्रभूषण ने उसी कोठरी में एक वादा किया वह बाहर निकलेगा, और न सिर्फ अपने परिवार को जोड़ेगा, बल्कि उस समाज को भी बदलेगा जिसने उसे यहाँ पहुँचाया। यही वादा उसकी ताकत बना, उसका सहारा बना। और यही रोशनी, यही वादा, आगे की कहानी बनेगी। एक ऐसी कहानी जो सिर्फ एक परिवार की नहीं, बल्कि पूरे समाज के बदलाव की कहानी होगी। चंद्रभूषण जानता था कि अभी न जाने कितने चंद्रेश इस समाज में जन्म लेंगे, और उन सबके लिए एक बेहतर दुनिया बनाना उसकी जिम्मेदारी है।

रात बहुत भारी थी, जैसे कोई पत्थर सीने पर रख दिया गया हो। रेखा को उसके ही घर के एक छोटे से अँधेरे कमरे में बंद कर दिया गया था, दरवाजे पर ताला लटका हुआ था। बाहर के कमरे में उसका नवजात शिशु रो रहा था, और हर रुदन के साथ रेखा का दिल टूटता जा रहा था। उसकी माँ ने बच्चे को अपनी गोद में कसकर पकड़ रखा था, पर वह चाहकर भी उसे रेखा के पास नहीं ले जा रही थी। परिवार का डर, समाज का दबाव, और जाति का अहंकार सब कुछ उस बच्चे के रोने से ज्यादा मजबूत था।

रेखा के भीतर जैसे कोई तूफ़ान चल रहा था। डर की लहरें उसे डुबो रही थीं, बेबसी की आग उसे जला रही थी, और ममता की चीखें उसके गले में अटकी हुई थीं। वह जानती थी कि उसका बच्चा बस एक दीवार के पार है, पर उस तक पहुँचना समुद्र पार करने जैसा था। उसका मोबाइल छीन लिया गया था, उसकी आवाज को दबाने की कोशिश

की जा रही थी। पर उसकी छोटी बहन सुरुचि, जिसकी आँखों में अभी भी मासूमियत बची हुई थी, चुपके से दरवाजे की दरार से एक पुराना फोन अंदर फिसका गई। यह फोन उसकी माँ का था, जिसे उसकी बहन ने चुपके से उठा लिया था।

रेखा का हाथ काँप रहा था। उँगलियाँ इतनी काँप रही थीं कि नंबर डायल करना भी मुश्किल हो रहा था। उसने सोचा किसे फोन करे? पुलिस? पर पुलिस तो उसी के खिलाफ खड़ी थी। फिर उसे याद आया चंद्रभूषण के पिता, रामलखन ठाकुर। क्या वे सुनेंगे? क्या वे मदद करेंगे? पर उसके पास अब कोई और चारा नहीं था।

हाथ काँपते-काँपते उसने रामलखन ठाकुर का नंबर मिलाया। एक घंटी बजी, दूसरी, तीसरी और फिर उधर से आवाज आई, "हाँ, कौन।" रामलखन ठाकुर की आवाज में थकान थी, चिंता थी।

फोन उठते ही रेखा बस इतना ही बोल पाई, "बाबू जी, मेरे बच्चे को बचा लो। मायके वालों ने हमें कैद कर लिया है।" और फिर उसका गला भर आया। आँसुओं ने शब्दों को डुबो दिया। पर उसकी इस टूटी हुई आवाज में इतना कुछ था कि सुनने वाले का दिल पिघल जाए।

और उधर रामलखन ठाकुर की आँखों में पानी भर आया। उन्होंने फोन सुनते ही पहचान लिया कि यह रेखा है। उसकी आवाज में जो दर्द था, वह सिर्फ एक औरत का दर्द नहीं था। वह एक माँ का दर्द था। उन्होंने अपने मन में बच्चे का चेहरा याद किया। वह मासूम चेहरा जो कुछ दिन पहले उन्होंने देखा था। उनका हृदय करुणा से भर उठा। सालों की रूढ़ियाँ, जाति का अहंकार, समाज का डर। सब कुछ उस एक पल में टूट गया। उन्होंने उसी क्षण बड़े बेटे शम्भू नाथ को बुलाया।

शम्भू नाथ के चेहरे पर चिंता थी, "क्या हुआ बाबूजी?"

रामलखन ठाकुर ने गहरी साँस लेकर कहा, "बेटा, रेखा का फोन आया है। उसका बच्चा उससे छीन लिया गया है।" फिर थोड़ा रुककर उन्होंने कहा, "सुनो शम्भू, जब चंद्रभूषण ने उसका हाथ थामा था, तब वह सिर्फ उसकी नहीं, हमारे कुल की बहू बन चुकी थी। अब उसकी रक्षा करना हमारा धर्म है। हमारा कर्तव्य है। चाहे समाज कुछ भी कहे, पर हम अपनी बहू और अपने पोते को अकेले नहीं छोड़ सकते।"

शम्भू नाथ ने पिता की आँखों में एक नई दृढ़ता देखी। वह जानता था कि यह फैसला आसान नहीं होगा। पर उसने सिर हिलाया, "जैसी आपकी आज्ञा, बाबूजी।"

कुछ ही घंटों में शम्भू नाथ गाँव के कुछ सम्मानित लोगों के साथ रेखा के मायके पहुँचा। उनके साथ थे गाँव के पूर्व सरपंच, स्कूल के हेडमास्टर, और कुछ अन्य प्रभावशाली लोग। ठाकुर कुल का नाम था, रुतबा था, और उनके सामने रेखा के मायके वाले कुछ कह न पाए। शम्भू नाथ

ने स्पष्ट कहा, "रेखा अब हमारे परिवार की बहू है, और यह बच्चा हमारा पोता है। हम इन्हें अपने साथ ले जा रहे हैं।"

थोड़ी बहस हुई, कुछ आपत्तियाँ आईं, पर ठाकुर परिवार के दबाव और गाँव के सम्मानित लोगों की मौजूदगी के सामने रेखा के परिवार को झुकना पड़ा। वे लोग रेखा और उसके बच्चे को वहाँ से ले आए।

जब रेखा ठाकुर के दरवाज़े पर पहुँची, तो उसने काँपते हाथों से रामलखन ठाकुर के पैर छुए। उसकी आँखों से आँसू की धारा बह निकली ये आँसू डर के नहीं थे, राहत के थे, कृतज्ञता के थे। रामलखन ठाकुर ने उसे उठाया और कहा, "बेटी, अब यही तुम्हारा घर है। डरो मत।"

उसे घर के भीतर ले जाया गया। वही आँगन जहाँ कभी उसके ससुराल वालों ने उसे स्वीकार नहीं किया था, आज उसके लिए खुला हुआ था। सुनैना जो अब तक कठोर मानी जाती थी, जिसने हमेशा चंद्रभूषण और रेखा के

रिश्ते का विरोध किया था। आज चुपचाप आगे बढ़ी। उसने रेखा के माथे पर हाथ रखा, एक माँ की तरह, और कहा, "अब ये घर तुम्हारा है डरो मत। तुम्हारा बच्चा हमारा बच्चा है।"

यह सुनकर रेखा की आँखों से फिर आँसू बह निकले, पर अब ये आँसू दर्द के नहीं थे। ये राहत के आँसू थे, विश्वास के आँसू थे। उसके सिर से आधा संकट टल चुका था। अब उसके पास एक घर था, एक परिवार था जो उसे स्वीकार कर रहा था। पर कहानी अभी बाकी थी। चंद्रभूषण अभी भी जेल में था। उनका प्यार अभी भी कानून और समाज के सामने एक सवाल था। पर आज रेखा को एक नई उम्मीद मिली थी। उम्मीद कि अब वह अकेली नहीं है, उम्मीद कि प्यार की यह लड़ाई वह अकेली नहीं लड़ रही है। और इसी उम्मीद के सहारे वह आगे बढ़ने को तैयार थी।

12: विश्वास की जीत

भोर की हल्की रोशनी जब आंगन में उतरी, तो वह सिर्फ सूरज की किरणें नहीं थीं, बल्कि एक नई उम्मीद की पहली किरण थीं। रेखा की आँखें रात भर जागने के बाद भी खुली ही थीं, पर अब उनमें नींद की थकान नहीं, एक गहरी आस्था थी। उसका मन कहीं मंदिर की घंटियों की आवाज़ में उलझा हुआ था। वही सुबह की घंटियाँ जो सालों से इस घर में बजती आ रही थीं। वह धीरे-धीरे घर के कोने में बने छोटे से मंदिर के सामने बैठ गई, वही मंदिर जहाँ कभी माँ सावित्री देवी दीप जलाती थीं और चंद्रभूषण के भविष्य के लिए प्रार्थना करती थीं। आज यही मंदिर रेखा की आखिरी उम्मीद था।

उसने काँपते हाथ जोड़कर, आँखें बंद करके, माँ भवानी से कहा, "हे माँ, अब सब तेरे हाथ में है। मेरा सुहाग, मेरा बच्चा, सब तेरे चरणों में है। मैंने कोई पाप नहीं किया,

मैंने सिर्फ प्यार किया। अगर यह पाप है तो मैं इस पाप को स्वीकार करती हूँ। पर माँ, मेरा बच्चा निर्दोष है, मेरे पति निर्दोष हैं। उन्हें बचा लो माँ।"

उसकी आँखों से टपकते आँसू दीपक की लौ से मिलकर जैसे एक मौन कविता बन गए। हर आँसू में एक इतिहास था। डर का, संघर्ष का और प्यार का इतिहास। और इन आँसुओं के बीच उसका मन गुनगुनाने लगा, "जब हारती है दुनिया, तब विश्वास जीतता है, जब टूटते हैं रिश्ते, तब माँ का आँचल सींचता है।" यह गुनगुनाहट नहीं, एक प्रार्थना थी, एक आखिरी उम्मीद की फुसफुसाहट थी।

उधर जेल की ऊँची चारदीवारी के भीतर, एक छोटी सी कोठरी में बैठा चंद्रभूषण बस एक ही बात सोच रहा था, "मैंने कोई पाप नहीं किया, मैंने सिर्फ़ प्रेम किया। वह प्रेम जो मेरी माँ ने मुझे सिखाया था, वह प्रेम जो इंसान को इंसान बनाता है।" उसकी आँखों के सामने रेखा का चेहरा तैर रहा था और चंद्रेश की मुस्कान। वह जानता था कि

आज अदालत में उसका भविष्य तय होगा, पर उसे अपनी निर्दोषिता पर भरोसा था। उसे उस प्यार पर भरोसा था जो उसने और रेखा ने मिलकर बनाया था।

अगले दिन अदालत में भीड़ जमा थी। गाँव और शहर के वकील, और जिज्ञासु नज़रें सब कुछ उस एक मुकदमे पर टिका हुआ था जो न सिर्फ दो लोगों का भविष्य तय करने वाला था, बल्कि समाज की सोच को भी आईना दिखाने वाला था। रेखा को जब कटघरे में बुलाया गया, तो वह लाल साड़ी पहने हुई थी, उसके चेहरे पर एक अद्भुत शांति थी। वह बिना काँपे, बिना डरे, स्पष्ट और दृढ़ शब्दों में बोली, "यह सब मेरी इच्छा से हुआ। मुझे कोई बहला-फुसलाकर नहीं ले गया। मैं चंद्रभूषण से प्रेम करती हूँ और वह मेरा पति है। हमारा विवाह मंदिर में हुआ था, भगवान के सामने हुआ था।"

उसकी आवाज़ में एक ऐसी सच्चाई थी जो दीवारों से टकराकर हर किसी के दिल तक पहुँच रही थी। जज साहब

ने गंभीरता से फाइल पलटी, उम्र का रिकॉर्ड देखा, रेखा के बयान को पढ़ा, और फिर धीरे से कहा "एक खुशहाल परिवार को कानून तोड़ नहीं सकता। यह विवाह मान्य है। प्राथमिकी रद्द की जाती है। चंद्रभूषण को तुरंत रिहा किया जाए।"

उस पल अदालत में सन्नाटा छा गया फिर वह सन्नाटा टूटकर राहत की एक लहर में बदल गया। चंद्रभूषण की आँखों से आँसू बह निकले, पर ये आँसू बंधन के नहीं, मुक्ति के थे।

दरवाज़े के बाहर, सुनैना की गोद में खेलता हुआ छोटा सा बालक चंद्रेश माँ की ओर हाथ बढ़ाए खड़ा था। जैसे ही चंद्रभूषण दौड़कर आया, बेटे को गोद में उठाया और उसे कसकर छाती से लगा लिया। रेखा ने आगे बढ़कर उसके काँपते हाथ थाम लिए। तीनों का यह मिलन कोई साधारण मिलन नहीं था। यह टूटे हुए सपनों का जुड़ना था, बिखरे हुए परिवार का फिर से एक होना था।

रामलखन ठाकुर की आँखें भीग चुकी थीं। उन्होंने धीमी आवाज़ में कहा, "अब यह परिवार टूटेगा नहीं अब यह पूरा होगा।" उनके इन शब्दों में सालों का दर्द था, सालों का संघर्ष था, और अब सालों की शांति थी।

और उस क्षण तीनों चंद्रभूषण, रेखा और चंद्रेश ने एक दूसरे को ऐसे देखा, जैसे वर्षों का बिछड़ाव, वर्षों का दर्द, वर्षों का संघर्ष उसी एक पल में मिट गया हो। चंद्रभूषण ने रेखा को गले लगाते हुए कहा, "अब कभी नहीं बिछड़ेंगे।" और रेखा ने सिर्फ मुस्कुराकर जवाब दिया, क्योंकि अब शब्दों की जरूरत नहीं थी।

अब गाँव भी बदल रहा था। वही गाँव जिसने कभी इनके प्यार का विरोध किया था, आज धीरे-धीरे स्वीकार कर रहा था। लोग समझ रहे थे कि प्यार में न कोई जाति होती है, न कोई ऊँच-नीच। और कहानी का असली संघर्ष अब शुरू होने वाला था। नया संघर्ष, नई जिम्मेदारियों का संघर्ष, एक नए समाज को बनाने का संघर्ष।

उस दिन अदालत के प्रांगण में जब न्याय का पलड़ा सच्चाई की ओर झुका, तो सिर्फ एक मुक़दमा नहीं निपटा एक टूटता हुआ जीवन फिर से जुड़ गया, एक बिखरता हुआ परिवार फिर से सँभल गया। चंद्रभूषण, रेखा और छोटा-सा चंद्रेश, तीनों एक-दूसरे का हाथ थामे न्यायालय से बाहर निकले। बाहर सूरज चमक रहा था, और उसकी रोशनी में तीनों का भविष्य चमक रहा था।

मंदिर की घंटियों के बीच रेखा ने मन ही मन माँ भवानी को नमन किया, चंद्रभूषण ने अपने संघर्ष को याद किया और लगा कि माँ-बाप की मेहनत, आँसू और आशीर्वाद व्यर्थ नहीं गए। गाँव की मिट्टी, जिसने उसे ठोकरें दी थीं, उसी मिट्टी ने आज उसे पहचान दी थी, सम्मान दिया था।

अब उनके जीवन में भय नहीं था, केवल विश्वास था। संघर्ष नहीं, केवल अनुशासन था। अपमान नहीं, केवल सम्मान था और इसी विश्वास के साथ चंद्रभूषण अपने

छोटे से संसार की ओर लौटा, जहाँ अब सिर्फ दर्द नहीं,

बल्कि प्रेम था, जिम्मेदारी थी, परिवार की गर्माहट थी,

और भविष्य की रोशनी थी।

समाज की हर दीवार से टकराकर भी प्रेम ज़िंदा रहा,

क्योंकि जहाँ सत्य था वहाँ चन्द्रभूषण था।

www.ingramcontent.com/pod-product-compliance
Lightning Source LLC
LaVergne TN
LVHW060258051026
849517LV00003B/853
* 9 7 9 8 2 3 2 2 0 0 9 8 5 *